旷世奇恋

付廷柽◎著

远方出版社

图书在版编目（CIP）数据

旷世奇恋 / 付廷柽著 . -- 呼和浩特 : 远方出版社，2018.12
ISBN 978-7-5555-1170-0

Ⅰ . ①旷… Ⅱ . ①付… Ⅲ . ①长篇小说－中国－当代 Ⅳ . ① I247.5

中国版本图书馆 CIP 数据核字 (2018) 第 226657 号

旷世奇恋
KUANGSHI QILIAN

作　　者　付廷柽
责任编辑　蔺　洁
责任校对　蔺　洁
出版发行　远方出版社
社　　址　呼和浩特市乌兰察布东路666号　邮编 010010
电　　话　（0471）2236473 总编室　2236460 发行部
经　　销　新华书店
印　　刷　内蒙古爱信达教育印务有限责任公司
开　　本　145mm × 210mm　1/32
字　　数　117千
印　　张　5.5
版　　次　2018年12月第1版
印　　次　2019年4月第1次印刷
标准书号　ISBN 978-7-5555-1170-0
定　　价　32.00元

岳秀珍被提成城建局的副局长了，心里很高兴。但在高兴之余她也有点忐忑不安，有点替高强惋惜。她觉得高强比她优秀，应被提拔的人应该是高强。

高强和她是同时从建校毕业的。高强在建校的三年中一直是他们班的班主席，年年都是三好学生。应该说高强是她心中的偶像。但高强在念书时把全部心思都花在学习和社会工作上，没给她和崇拜他的其他女同学留下一点机会。所以她对他的崇敬和爱慕只能默默地存留在心中。毕业时高强被留校任教了。留校不久，在选拔有文化、懂业务的年轻干部时，高强被调到市城建局。调到城建局后他工作也很出色，年年是先进工作者。

岳秀珍是临海市岳昌瑞副市长的女儿，毕业后被分配到市一建，比高强晚两年调来城建局。调来后她心里暗暗下了个决心，就是好好工作，向高强看齐。

岳秀珍回家后，爸爸、妈妈都为她的升职感到很高兴，而她却表现得十分平静。他们的高兴劲儿还没有平息，她就以异乎寻常的口吻问道："爸，你还记不记得我在建校念书时领回家来过一个叫高强的同学？”

岳昌瑞说：“记得。他不也在城建局嘛。”

岳秀珍惊奇地问道：“您怎么知道的？”

“我听你们局长说过。”岳昌瑞答道。

“局长向你提他干吗？”

“有次在谈到领导班子建设时，他说你们局可供提拔的后备干部有两个，一个是你，一个是他。”

岳秀珍说：“我觉得这个副局长应该是他的。他比我优秀。”岳昌瑞慢条斯理地说：“高强是不错，但组织上有组织上的考虑。组织上提一个干部不单单是从某一个干部本身去考虑，而是从这个人的品性、学识、能力、为人处事和这个单位的男女干部比例等多个方面综合权衡后得出结果。珍儿，不要多想了，要相信组织。高强只要继续努力，将来会有机会的。”

高强是个有思想、有毅力、有抱负的人，从小对自己要求就很严格，心里始终想的是要在社会上混出个人样来。可有些事情总是不能如愿。他现在眼看就快四十五岁了。按照眼下的干部政策，过了四十五岁就提拔无望了。他觉得仕途似乎快行不通了，但究竟如何是好，一时也拿不定主意。他翻来覆去地想，将来要干也还是离不开建筑。自己学的是建筑，又干了这么多年，不能撇下本行去干别的吧。搞建筑的话他，眼前摆着两条路。一条是继续在城建局干，轻车熟路，稳定，但自主性不能充分发挥。另一条是跳出来单干。这条路可以充分发挥个人的主观能动性，但是一条荆棘丛生的险路，有稳定工作的人轻易都不会走这条路。高强仍在按部就班地上班，对工作没有丝毫的懈怠。可是自己下一步如何走的问题，一直在他的头脑里萦绕着。

这时的大气候是国家提出了改革开放，允许一部分人先富起来。人们的思想比以前活跃了。政府对于个体经营给予保护。这个形势对高强的思想有很大的触动。大约过了有三个月，高强不顾妻子的反对，终于向单位提出了停薪留职。

他是城建局提出停薪留职的第一人。一石激起了千层浪，大家说什么的都有，不过，说高强这是瞎闹的居多。有的说，平平稳稳端个铁饭碗不端，非要停薪留职，纯属瞎闹；也有的说，可能是看到岳秀珍提了，自己思想上想不通；还有的说，高强是个胸怀大志的人，可能是想在这改革大潮中干一番大事业呢。

在大家的眼中，高强在城建局是不可或缺的人物。业务能力强，人品又好，许多重要的工作都是交给他去干，不少人认为他迟早会被提到局级位置上去的。岳秀珍听到这个消息后十分惊奇，立即就去找高强了。

“高强，你是怎么想的？怎么能够轻而易举就做出停薪留职的决定呢？”

高强说：“到了这个年龄啦，拉家带口的，做这样的决定，哪能是轻而易举呢。我翻来覆去想了好久了。你是知道的，我是个不服输的人。我今天也向你坦白一下我的想法。从学校调到城建局后，我一心想在仕途上干出点名堂。可是这一晃就快奔四十五岁了，被提职的希望眼看就没有了。因此我想借改革开放的东风，自己出来闯一闯，搞一搞工程。这条道是走对了还是走错了，我也说不上，都是个未知数，走着看吧。”

岳秀珍觉得高强说得很实在，很诚恳。她也以一个老同学，一个他的崇拜者的身份弦外有音地探寻道：

“如果这次提副局长的是你，不是我，这事就可能不会发生了。”

高强说：“秀珍，你别误会，对于你的提拔，我一点意见也没有。从德才条件看，你是完全称职的。”

岳秀珍说：“你有这个看法我一点也不意外。我知道你的为人。但我觉得这次被提副局长的应该是你。”

高强忙伸出右手制止道：“秀珍，你别……”

岳秀珍也忙伸出一只手制止他道：“你别打断我，我这么悦，你该不会认为我这是虚伪吧。我从心底里就是这么认为的。我也向有关的人这么提过。他们的解释，除了我是个女的，其余的都是些似是而非、牵强附会的、不能够说服我的所谓的理由。”

高强说：“秀珍，我不谦虚地说，提我们两个人中的任何一个都应该算是称职的。不管提了谁，这都是组织上的决定，我们应该坚决服从。今天我们这算是老同学间相互关心的一次开诚布公、推心置腹的交谈。你什么也不要再多想了。我的停薪留职报告已经批下来了。我现在只能沿着这条道走下去了。

希望我们今后在不同的岗位上都能做出满意的成绩来。”

高强停薪留职后，开始是在建筑公司做施工员、监理，后来是自己揽活、包工，十分辛苦。两年后，他自己组建了惠民建筑公司，开始独立承揽一些小型的建筑任务。

自己创业，白手起家，举步维艰。建筑业是一个技术性很强、门类很庞杂的系统工程，组织工作需要十分严密，工程质量来不得半点马虎。在独自承揽工程的道路上需要处处操心，工作异常艰辛。无论是承建一栋楼还是承建一个小区，土建、摸灰、钢筋、水暖、电气等工种都得一环扣一环，精心组织，都得按照规定标准保质保量完成。哪一道工序操不到心都不行。在工程紧张的时候，高强吃住都在工地上，休息时间很少。正是由于这样，他所承揽的工程全都完成得不错，基本上都达到了全优工程，开发商很满意。

高强是个有心人。他组建惠民建筑公司以后，通过工作实践逐渐摸索出了一套雷打不动的、行之有效的管理办法，使公司有条不紊地走上了一条快速发展的道路。高强从组建公司开始就有自己的一套对待员工的办法。首先，他是很注重选拔那些有一技之长的、符合公司需要的、能够吃苦耐劳的人到公司来。其次，他很注重对员工的感情维系。他把自己的员工都当作是兄弟姐妹，从不高高在上，盛气凌人，尽量弱化雇佣关系。再次，他十分重视利益原则。他一直坚持，来惠民公司的员工，不出现特殊情况，一定要比周围同类工种的人工资高。最后，是要严格按照规章制度办事。他强调在执行制度方面一定要一视同仁，一丝不苟，不管是亲戚还是朋友，概无例外。在这样一个原则的指导下，他把开发商顶账回来的住宅打折卖给了本公司员工。折扣力度很大，从八折到五折不等，给了员工很大的优惠。

这时，开放搞活提得愈来愈响，他的建筑事业也顺风顺水，发展得很快。到了第四年头上，公司发展的规模已相当可观，可以承揽一些较大的工程了。

就在这时，突然冒出一个让他意想不到的问题来。他的妻子胡巧凤对于他给职工优惠售房的事表示出了强烈的不满。

初建公司时，底子薄，财力弱，为了节省开支，他让自己的妻子胡巧凤来公司担任会计。最初她是反对高强辞掉工作的。后来看到高强的建筑公司已形成规模，她也就不计前嫌，同意来公司工作了。开始还相安无事，但随着公司越做越大，两个人就渐渐出现了矛盾，起因主要是给职工优惠售房。对于这一点，胡巧凤从一开始就不同意。她觉得这种行为向员工让利太多了。开始她是向高强叨叨，发表自己的一些不同意见。高强给她做了耐心的解释。

高强说："是的，我们是给员工优惠了不少。但是，你没有看到吗？正因为这样，我们的员工队伍很稳定，而且绝大多数员工都能把公司当成是自己的家，工作尽职尽责，让我们少操了许多心。所以，我们这么做不是单方面的，不是只对他们有利，对公司也有利。另外我们这样做，还可以把房子尽快变现，充实我们的流动资金啊。”

高强给胡巧凤不厌其烦地解释过好多次,她就是听不进去。到最后，胡巧凤索性跳出来公开抵制了。有一次她理直气壮地抱怨说：“给员工贱价卖房这不是个小问题，你不能总这样一意孤行了。我粗略地计算了一下，你这样做已经给公司造成一百多万的损失了。固然，公司是你创办的，但是你不要只把我看作是你公司的一个会计。我还是你的老婆！在我们的婚姻存续期间，你所创造的一切都有我的一半。那么，你造成的损失是你的损失，也有我的损失。我不能坐视不理。”

高强听后很恼火，但是没办法，只能继续耐心地、不厌其烦地给她解释说：“你说的不错，我所搞的事业和我赚的钱都有你的一半。但现在我们所争论的问题只是一些工作方法上的分歧。你所反对的那些我的做法，究竟是造成损失了，还是给公司创造了价值,带来了利润,不能光凭你的一面之词来断定,还需要进一步做全面细致的分析。”

高强怎么解释，胡巧凤都听不进去，工作上别别扭扭的，回到家里更是冷若冰霜。过去回到家里的那种正常的夫妻关系和和谐的家庭氛围再也找不到了。他也不止一次地想过，是不是该改变一下自己的那套做法了。可是他翻来覆去地想，觉得自己那套做法还是卓有成效的。再加上惠民公司上上下下这么多年来一直就执行这套办法，改变了会使大家想不通的。高强为这事考虑了好久。他思忖：“胡巧凤如果是一般职工，不能跟我合作，可以让她另谋高就。当然她如果是一般职工，也不会提出这样的问题了。可她是我的老婆呀。”这事让他很伤脑筋。

过去他看过一个资料说，夫妻俩不适合在自己创办的企业里一道工作，不论是平级还是上下级关系。因为在家里两个人一直是处于平等地位，而且面对分歧，在许多情况下是无理可讲的，分不出谁是谁非。因此，两个人在一起工作，常常会对工作中遇到的一些问题各持己见，互不相让。通过他和妻子的这一段时间的矛盾，他觉得这话有一定的道理。他想：“看来解决我们之间的矛盾需要从这个方向来考虑了。经过一段时间的考虑，他有了这样一个想法：利用顶账顶回来的三百多平方米的临街商铺开个饭馆，让胡巧凤去单独经营，再给她一些宽松政策，让她从中有一些获得感。她不是说，给员工优惠售房使她损失了吗？让她从这里尝到一些甜头，也许会消减一些她的那种看法。

有一天吃饭的时候，高强说：“咱们顶账顶回来的那三百多平方米的临街铺面，位置挺好，在那里开个饭馆会很不错。”

胡巧凤考虑了一会儿说：“倒是可以。”

高强说：“三百多平方米，能开一个具有相当规模的饭馆。开了以后我想让你去经营，当总经理。你岁数也不小了，会计工作琐碎、麻烦。你去单独搞一摊吧。不知你意下如何？”

胡巧凤听后没有说话。

高强接下去又说：“你如果愿意去搞的话，可以独立核算，自收自支，我不去过问。房子是咱们自己的，公司帮你把店面装修起来，估计赔不了。当然，万一赔了，公司也会给你兜底的。”

胡巧凤说：“那就是说赔赚都无所谓啦。你对我这么碗大汤宽？”

高强说：“惠民公司这几年很不错，不像初创时期了。每年的营业额和利润都还令人满意。作为你来说，就是坐下来享用也是没问题的。不过，我想你身体还挺好，一直是在兢兢业业地工作，坐下来恐怕不习惯，还是干点事比较好。至于这块生意的赔赚，对惠民来说是无所谓的。话又说回来了，在这个地方开饭馆是不会赔的。我是从最坏处考虑才那么说的。”

胡巧凤觉得高强这个考虑是在为自己着想。当会计这么多年，工作是挺辛苦、挺琐碎的。除了需要及时处理账务外，还需要跑银行，跑税务。自己也早就有过换个工作的想法，但一想到这是在为自己干呢，也就把这个想法打消了。他现在提出的这个方案倒挺不错，而且连最坏的结果都替她考虑到了。这就是说，来这里干是旱涝无忧啦。想到这里她爽快地说：“行。我也该换个工作干干了。”

胡巧凤很高兴去搞餐厅。她给餐厅起的名字也叫惠民餐厅。十几年她一直在搞会计工作，没搞过别的，接触餐厅工作后感到很新鲜。这么大的一个摊子，自己独当一面，身份和地位发生了很大的变化，她对于从中体现出的不同于以往的自身价值感到很满意，尤其是每天都有不菲的现金流入，从未有过的满足感油然而生。在这种情况下，胡巧凤再无暇也无心去过问高强给职工优惠售楼的问题了。

经过十多年的摸爬滚打，高强创建的惠民公司已成了具有相当规模的建筑施工企业了。惠民建筑公司在当地是颇有点名气的。临海市不大，算个中等城市。谈起惠民建筑公司不少人都知道。走在街上隔不远就可看到一处惠民公司建筑的房屋。高强看到这一座座自己施工建造的楼房，心中时不时地会生出一种满足感。

闲下来的时候他也不止一次地想过，自己穷苦家庭出身，来自穷乡僻壤，经过自己和惠民公司全体员工这么多年的辛勤努力，能够给市里建起这一片片的楼房，觉得这也算是圆了自己当初想干出一点名堂的心愿了,觉得这些年的付出是值得的。有时候他还沾沾自喜地想：这一片片楼房，也可以算是我在书写人生征途中值得提及的一笔，也应该算是自己给社会留下的一点微薄的回馈吧。仔细想想，这人生的道路真是不平坦，坎坎坷坷，曲曲折折，不如愿之事想也想不到就蹦出来了。但是，不管出现了什么情况，都不能气馁，不能丧气，要振作起来，奋发向上。不奋争是不行的,只有奋争才能得到自己想要的东西。自己这大半生，寻寻觅觅，跌跌撞撞，总算是做了一些对社会有益的事情，也算是没枉来这世上一回。

光阴似箭，日月如梭，转眼就六十岁了，他觉得自己不能再这样拼命了，该歇歇脚了。他自己想，把在建的这一个项目做完就打算急流勇退了。

高强事业搞的是风生水起，红红火火的，可是近来回到家以后总觉得有点孤单。儿子早已大学毕业，在外地工作。胡巧凤自从搞上餐厅后一心扑在工作上。从惠民餐厅开业以后，高强除了单位应酬外，基本上都是到惠民餐厅来吃饭的。胡巧凤有的时候晚上也不回去，就在宾馆睡了。高强回到家后感到冷冷清清的。

一天，已经是晚上七点半了，高强还在办公室。秘书崔可娅敲门进来，看到就他一个人便问道："高总还不回？"

高强说："你先回吧，不用等我了。我一会儿回。"

崔可娅当秘书也有几年了，算是个老人了。她对高强很敬佩。看到他无所事事的，没什么要紧事，她就试探性地说道："该吃饭了。高总如果没什么要紧事，我请你吃饭吧。想唱歌也行。"

高强连忙客气地回答道："改日吧，老胡在那儿等我的呢。"

高强本来想给自己的事业画一个圆满的句号，可偏偏就在这个时候吃了一场官司，而且还败诉了。

他们公司在施工过程中开发商顶给了他们一些房屋，其中有一座商业楼，面积有三千多平方米，他的一个老乡提出要买。他这个老乡叫刘浩东，是做家具生意的。高强知道他眼下没有那么多钱，对这桩买卖不太积极。可刘浩东三番五次地找他。最后看在老乡的面子上高强就同意卖给刘浩东了。针对刘浩东的具体情况，高强不指望他全额付款。问他首付款何时付，刘浩东拍着胸脯慷慨激昂地说签了合同就付。签了合同后高强让他支付首付款时，他说银行同意贷给他款了，可就是没抵押物。希望高强把这个楼的房本借给他做一下抵押，这样问题就全解决了。

高强说：“你这不是空手套白狼嘛。你连首付款都没有就想买楼呢？我给你做抵押那不等于是我贷款了吗？到时候你还不了款还不把我的楼没收了。”

刘浩东说：“看高大哥说的。我是眼下回来的款有点欠缺。过一段时间回来款就可以把抵押的房本拿回来了。眼下是求你帮我解燃眉之急呢。你一百个放心。”

高强已经意识到问题之所在，但还是碍着老乡的关系，在了解了银行确有贷给他五百万元款之事后，照着刘浩东说的办了。这样这笔近两千万元的买卖就做成了。过了不久首付款五百万元打上来了。又过了六个月，抵押的房本也拿回来了。

首付款打来后，高强同意了刘浩东对楼房进行设计、装修。

按照合同，剩余的一千五百万元应在一年内分三次付清。可是时间过去七八个月了，高强催了多次，刘浩东连一分钱也没再打上过。一年过去了，依然如故。后来高强打电话，刘浩东索性不接了。出于无奈，高强只能另想别策了。合同约定，如果买方不能按时付款，卖方可以另行出售。根据这条约定，惠民公司给刘浩东送去一个催款函，函中明确提出：如在十天之内还不付款，刘浩东所买楼房公司将另行销售。可是发函后刘浩东不仅没有打款，连回音也没有，打电话还是不接。实在没有别的办法，在发函后的一个月头上，惠民公司开始另行销售。这个楼是临街楼，地理位置很好，很快就售出了一多半。

刘浩东看到这种情势，也不好说什么。但他也很不甘心接受这样一个结果。大概酝酿了有五六个月，最后他以一房二卖起诉了惠民公司。不知是出于何种原因，经过长达两年的审理，最后市中院裁定：惠民公司和刘浩东的售楼合同继续有效，而对于刘浩东不按时付款和购楼合同的有关约定却只字未提。

高强对法院这个裁定大惑不解，但无可奈何。更让人想不通的是法院根据刘浩东的执行申请，按照合同继续有效的裁定将整栋楼的产权全部过户到了刘浩东名下，而对刘浩东拖欠的购房款还是只字不提。高强觉得法院这是明显的执法不公，觉得这是很不该出现的问题。可是面对这样一个不公平的事实，作为一个普通百姓却毫无办法，只能是哑巴吃黄连，有苦说不出。法院的这一做法不仅没有把问题解决了，反而引来了更多个案件。因为，房本虽然办到了刘浩东手里，可房子大都在后来的买房人手里。他们有正式合同，是房子的合法取得者。惠民公司也坚持这是合法销售。这样刘浩东实际上并没拿到房。为了实现真正拿到房的目的，刘浩东就得去撵买房户，可买房户当然不会给他了。刘浩东只得通过法律手段去诉讼，这就又产生了刘浩东和后来买房户的多个官司。法院判案应该是案结事了。这个案子不仅没做到案结事了，反而又带来了更多案子。这无疑是前一个案子裁判不当造成的恶果。

虽然事情越来越复杂，可是眼下这多个案子的当事方却不是惠民公司了，惠民公司反倒落得了一个清静。算经济账，这件事情给惠民公司造成的损失并不大。刘浩东的首付款加上后来的售楼款与这栋楼的总售价也不相上下了。当然，高强也做了准备，如果后来的买房户败诉，退出所购房屋，给后来的买房户造成的损失，惠民公司是会负责补偿的。而事实上这些买房户无论如何也不会把房退回的。因此，补偿之事何时出现、能否出现都是个未知数，只能耐心地等待法院的裁决了。

随着时间的推移，高强把这件事情也就慢慢地放下了。只是有时想起来觉得当初将楼卖给刘浩东是一个错误的决策。

这天是星期六，已经晚上十点多了，胡巧凤还没回来，看来是又不回来了。他们现在是谁回来不回来都不打电话。高强看了一会儿电视，洗了个澡就睡了。睡下后这样一个问题突然冒了出来：奋争是可以改变一个人的命运的。但人生的道路是纷繁曲折的，谁也无法全能预料到。生活中遇到的问题是形形色色的。外面的事情是这样，家里的事情也如此。有的是决策失误。即使决策对了，也难免在以后不出现意想不到的问题。他觉得自己过去的这几十年，应该算是在严格要求自己了，是努力奋争了，成效也应该算是明显的。但是令人遗憾的事情还是不少，像售楼给刘浩东。从家里来说，他和妻子目前这种状况也不能算是正常的吧。两个人都忙于工作不顾家，回到家里冷冷清清的。这可能是任何一个人都不希望看到的。长此以往这叫怎么一回事呢。固然，调整了她的工作，避免了一些原有的矛盾，可像目前这种状况发展下去会是一个什么样的结果呢？不得而知。高强就这么想着，大约过了午夜才入睡。

醒来后看到天气阴沉沉的，他又闭上眼躺了一会儿。今天是星期日，他在想今天该干点什么。考虑了几个事，还未最后想好究竟要做哪一个的时候，手机忽然响了，是崔可娅的电话。

崔可娅以十分抱歉的口吻说："高总，一早就打扰你，真不好意思，是不是惊了你们的觉了？"其实崔可娅知道胡巧凤不在家，否则她也不会一大早就给高强打电话。所以她用"你们"是故意那么说的，同时也是以防万一。

高强说："没事。胡巧凤不在，就我一个人。"

崔可娅不无自我原谅地说："不过我觉得你也不会睡懒觉，该到起床的时候了。"

高强说："我早醒啦。有事？"

崔可娅说："有个小事。我的一个老乡，想买咱们的房子呢。不知咱们的住宅楼还有没有？"

"房子还有呢，他想买多大的？"高强问。

"小点的，六七十平方米吧。有一次我们碰面了，聊天时我谈到了我买房的情况，她很羡慕，觉得太便宜了。所以她就找我来问有没有房了，能不能卖给她。"

高强说："能卖倒是能卖，但不能以卖给你的价钱卖给他。

毕竟内外有别嘛。”

崔可娅帮人买房是个恍子，主要是想借机和高强套近乎，所以她没在售价上做深入的探讨，而是以一种对各方都容易接受的口气说：“是啊，不过，到时候看能不能适当照顾一下吧。她们家三口人，她，她妈，还有一个哥哥。她哥哥在临海市工作。这个姑娘学习很好，考上高中没念，也来临海市打工挣钱了，为的是能尽早把母亲接到临海来，和她们住在一起。她是我们邻村的，叫郝俊秀。高总，你看我就顾说这个事啦，你还没吃早点吧，我们也没吃呢，出来咱们一起吃吧。就到你家附近的东方大酒店。”

高强没有立即回答。这个提议虽让他感到有点突如其来，不过，对崔可娅想请自己吃饭倒并不奇怪，因为以前已有过好几次邀请了，都被自己婉言回绝了。他对崔可娅今天这个提议倒有答应之意。他自己一个人，不想在家动炊了。另外，吃早点简单，费不了多少时间。

他正在思索中，崔可娅在电话那边又催了：“高总，怎么样？就这么定了吧。你快点往出走。”

高强说：“好吧。”

高强到了后，崔可娅和郝俊秀都以示礼貌地站起来迎接。崔可娅说：“高总，来，这里坐。”

接着她指着郝俊秀说：“这就是我的小老乡郝俊秀。来城里不久，现在在一家理发店理发呢。”

高强随着崔可娅的介绍，又礼貌地看了看郝俊秀。其实他从一进来看到郝俊秀的第一眼开始就感到这姑娘眉清目秀，端庄稳重，温文尔雅，甜美可爱，顿时就产生了一种少有的亲切感。也许是因为他一直想要个女儿却始终没得到的缘故吧，还有就是这个姑娘很像自己在高中时期暗恋过的一个女孩子。

崔可娅问：“高总，你想吃什么？”

高强说：“随便，我随你们。”

崔可娅说：“那就吃稍麦吧。行不？”

高强说：“行。”

端上稍麦后，高强面向郝俊秀问道：“是你想买房子呢？”

郝俊秀看了一眼崔可娅，神情有点紧张地说：“我就是那么一问。我跟我哥都到城里来工作了，我妈身体又不怎么好，我们想让她把家里的牛羊都卖了搬到城里来。她也没反对。我听可娅姐说，她买的房子很便宜，我就随便问了问。我估计把牛羊全卖了离买房的钱还差很远呢。我得回去跟家里合计合计再说。想是这么想的，能不能实现还不一定呢。”

高强也是苦家庭出身，很能理解郝俊秀这一番话。另外，他觉得这姑娘很懂事，岁数不大，还挺能为家里操心，他对这个年轻人很佩服。他语重心长地说：“回去商量商量，看情况怎么样。如果真要买，可以买我们的，我可以给你们适当优惠。不过不能像卖给崔可娅的那个价格。我们卖给职工的优惠幅度是很大的。”

崔可娅听后很高兴。她以为高强是看在她的面子上才给以一定优惠的，所以忙说：“俊秀，快谢谢高总。”

郝俊秀抬起头看了一眼崔可娅，嗫嚅地说了声：“谢谢高总。”

高强说：“八字还没一撇呢，不用谢。”

吃完饭，高强先走了。郝俊秀有点迷惑不解地问：“你一大早叫人家吃早点，他夫人不会怪你吗？”

崔可娅说：“他夫人不在家。她经常在办公室睡。家里常常是高总一个人。”

“啊。”郝俊秀迷惑不解地啊了一声。

就在这天的早上七点，胡巧凤还没起床就听见手机响。她拿起一听是儿子高亦伟。她忙问：“亦伟，一大早的打电话，有什么事呢？”

高亦伟说：“我们的保姆丈夫最近去世了，儿子上大学了，家里经济状况有点紧，她想留在我们这儿改做全日制保姆呢。这个保姆不错，我和艳梅都同意让她留下。她要是留下就得常住我们家，高馨回来也得有个屋子，这样我们现在的房子就显得有点小了。最近我们相中了一套楼房，一百多平方米，房子设计挺合理，小区环境也不错。我们想把它买下来，反正现在的房子迟早都得换。我们想买上一套大一些的，一劳永逸，省的以后再折腾。”

胡巧凤说：“那小的怎么办？”

高亦伟说：“有合适的主儿，卖了吧。”

胡巧凤问：“需要多少钱？”

高亦伟说：“连装修恐怕得二百多万。你跟我爸商量一下看行不行。”

胡巧凤说：“行，我跟他说吧。我得起床洗脸啦，不跟你多说了。我跟你爸商量后告诉你。”

高亦伟说：“好吧。”

胡巧凤洗漱完，吃了几口早点就给家里打电话。打了两次没人接。她自言自语地说：“不可能呀。怎么会没人接呢？”

接着她又打高强的手机，通了。

高强看来电显示是胡巧凤，便问：“有什么事？”

胡巧凤反问道：“你不在家？”

“我在外边吃早点呢。”

“怎么不来惠民餐厅吃呢？”

“和人谈事，就在咱们旁边的东方大酒店吃了。有什么事你快说吧。”

胡巧凤说：“儿子刚才来电话说要买房。我现在去你那儿，咱们商量商量。”

高强说：“我们已经吃完了，咱们回家说吧。”

胡巧凤说：“好吧。”

胡巧凤是一个很有心计的人，虽然儿子买房是件大事，但仍然没误了她对高强吃早点这件事的遐想：这么多年来，他很少在外边跟人吃早餐。他说跟人谈事，不管是多么重要的事，也不会不等吃完早点就去谈吧？况且还是星期日。他这个人是很注意劳逸结合的，是很会安排时间的。是什么重要的事，非得利用吃早点的时间来谈，而且还是就谈了吃早点那么一会儿工夫。这件事引起了她的好奇。她边往家走边给在东方大酒店做前台的远房侄女胡素贞打电话："素贞，是我。"

胡素贞听出是胡巧凤，不等她说下面的话，急忙热情地回问："姑姑？"

胡巧凤回答说："嗯，你看到你姑夫去你们那里吃早点了没有？"

"看到了。没来得及打招呼。他跟两个女的，已经吃完走了。"

"嗯。他可能回家啦，我回家找他吧。"

胡巧凤回到家，高强已经在家了。

胡巧凤问："和谁谈事呢，一大早就出去啦？"

高强说："崔可娅介绍她的一个老乡要买房呢，想套套近乎呗。所以就叫我去吃了个早点。"

胡巧凤说："你们还打得挺热乎的。"

"你这是什么话？"

"我就随便那么一说，你不必要那么紧张嘛。"

高强说："有你那么随便说的吗？"

胡巧凤说："话是随便说的，反映的却是真实情况。你们两个走的是够近的。公司的人都看得出来。不过我声明，你们俩走得再近我也不会吃醋。放心吧。"

高强说：“远近都是正常的工作关系，你别瞎扯好不好。”

胡巧凤说：“不说这个了。我找你是有个事。亦伟一早来电话说他看中一套房子，一百多平方米，他想买呢。我估计得二百多万。”

高强一听是说儿子的事，也就放下了刚才在那场无事生非的争论中产生的不悦情绪，心平气和地说：“高馨也大了，买一套大一点的房子倒是可以的。”

胡巧凤说：“那我跟他说了。”

高强说：“他现在住的房子，我给他处理吧。年轻人正在艰苦创业时期，手里钱多了不好。”

胡巧凤没再说话，拿上手包回饭店去了。

回到饭店后她给高亦伟打电话：“亦伟，你爸同意你买房啦。不过他说你现在住的房子要由他去处理。”

高亦伟说：“行。那钱什么时候打过来呀？”

胡巧凤说：“房子究竟怎么样，我得去看一看，顺便给你把钱带过去吧。”

“行。最好快点。还有什么？没有我挂了。”

胡巧凤说：“你要注意吃好，早点睡，生活要规律。”

高亦伟说：“知道了。”

胡巧凤说：“我过一段儿去。”

“行。”说完高亦伟就挂了电话。

这一段时间，由于卖给刘浩东房的决策失误，和刘浩东官司的不公平裁决，加上胡巧凤的不常回家，使得已过花甲之年的高强颇感不悦。现在他不像以前那样把自己拧得那么紧了，工作和生活的节奏都放慢了一些。

又是一个星期天,他吃完早点,到附近的人民公园转了一圈,忽然想起该理发了。近而想到了那天崔可娅介绍的那个想买房的可爱的姑娘，他凭着自己记的大体方位就走了过去，还真的找到了。

郝俊秀看到他感到很惊讶，忙问："高总，你怎么来啦？是理发吗？"

"是。"

"来，来这里，我给你理。"

高强落座以后,郝俊秀给他披理发外套、洗头,手脚很麻利,动作很轻柔。他又仔细看了看郝俊秀，觉得她很可爱。他心想，我要是有这么个女儿该多好。在理发的过程中，郝俊秀在他前后左右不停地走动，他也在不住地观察她。这么近距离仔细地观察，他觉得郝俊秀虽然是个农村姑娘，但不论是在容貌上还是在待人接物上都很得体。她身材苗条，仪态端庄，步履轻盈、稳健。驻足，亭亭玉立，婀娜多姿。性格沉稳，不苟言笑。鹅蛋形的脸庞，洁白细嫩。一对非常灵动的大花眼，炯炯有神，那恰到好处的顾盼流连，简直就像是会说话似的。她鼻子挺立，嘴儿小巧。瀑布似的乌发逢松地挽于脑后。她理发很细心，头型也掌握得很好。目力所及，她无处不是楚楚动人，无处不在散发着诱人的青春活力。他在心中暗暗的遗憾，这么好的一个姑娘怎么不去上学呢，真可惜。于是他随口问道："你念书念到几年级。"

"念到初中毕业。"

"那为什么不念了？"

"那年我爸去世了，我哥已经在临海工作了，并且成了家，回不去。家里的地就我妈一个人种，她身体也不大好，我就辍学回家帮我妈种地了。"

"你学习怎么样？"

"是班里的前几名吧。"

"那太可惜了。"

"没办法。"

"那你现在怎么又到这里打工来了？"

"我帮我妈总不是长远之计。女孩子总会有离开家的一天。我妈身体又不怎么好。我是想，趁我离开家之前挣点钱，把家里的牛羊全卖掉，在临海买个小一点的房，让我妈搬到临海来，和我哥住在一个地方，彼此也有个照应。"

"你挺有孝心。"

"谁家孩子还不都是这样。"

"孩子和孩子可大不一样。"

对于她们家要买房子的事，高强觉得在那种场合不便多说，只在理完发要走的时候问了一句："你们买房子的事定下来了没有？”

郝俊秀说：“还没有。家里盘算了一下，钱还差得很远呢。以后慢慢再说吧。”

高强付了理发费边穿衣服边说：“如果买，可以找我。”

郝俊秀说：“行。你慢走，头发长了就来，我给你理。”

“好的。”说完，高强离开了理发店。

高强在回家的路上想，怎么到了这里那些杂七杂八的烦心事全都没了？这个姑娘真好。人们都说姑娘是爸爸的小棉袄、开心果，这话一点也不假。可惜我没有这个福气，享受不上这样一个小棉袄。

那以后，高强每次该理发的时候就到她这里来理。他来这里不仅是理发，更主要的是能够解心宽。所以有时候头发不长他也会到她这里来。

时间久了，两个人的身世、处境彼此都了解了。郝俊秀原以为高强这类人，事业搞得那么大，有老婆，有孩子，不愁穿、不愁吃，有的全是幸福，哪还能有苦恼呢。接触高强以后才慢慢知道，家家都有一本难念的经。了解了高强的处境后，她对他很同情，也很佩服。觉得他遭遇到不公平的对待不气馁，不服输，不向命运低头，自强不息；帮助人不仅没得到感谢，反被恩将仇报。他把员工视为兄弟姐妹，给他们很优厚的待遇，这对员工、对公司都是很好的事情，却遭到了老婆的反对。他年已花甲，老婆只忙事业不顾家；儿子在外地工作，顾不了他。

他忙上一天，回到家里，里里外外就自己一个人，冷冷清清的。他是一个拥有大把财富的孤苦老人。所以他来理发，她不仅要给他理好，还在尽自己所能给他以力所能及的关心。

有一次高强去理发，看到郝俊秀身体很疲乏，便问道："你是不是身体不舒服？"

"肚子有点疼。"

"那到医院看看吧。"

"不要紧，过一会儿就会好的。来，理发吧。"

理了一会儿她还是紧皱着眉头，脸色有点发白，头上浸出了不少汗珠。

高强问道："是不是还在疼？"

郝俊秀停下了手中的营生，有气无力地回答："嗯。"

高强急忙说："别理啦，快到医院看看吧。"

这时理发店的老板也过来说："对，到医院看看吧。你这疼的有点不一样。"

高强说："走，坐我的车去吧。"

郝俊秀疼的什么也顾不上了，就坐上高强的车到了医院。理发店虽然派了一个人一起去，但从挂号到找大夫全是按照高强的安排做的。经大夫检查是急性阑尾炎，已经穿孔了，需要手术。郝俊秀疼得不能说话。经与理发店老板和郝俊秀的哥哥郝俊峰联系，同意手术。高强找了一个最好的外科手术大夫给郝俊秀开刀。割掉阑尾后不到一周她就出院了。

出院时，郝俊峰到住院部结账，住院部查阅了单据，说账已经结了，结账的人叫高强。郝俊峰立刻去见高强，以十分感激的语气说："高总，你能及时把我妹妹送到医院，并且还帮着找了最好的大夫给我妹妹动手术，我们已经感激不尽了。哪还能让您出医疗费呢。"他说着就拿出钱来给高强。

高强把郝峻峰拿钱的手推开说："小郝是在给我理发时发病的。我常到她这里来理发，她给我理得很用心，对我很关照，我很感激。这点钱对我来说不算个啥，可对你们来说，可不是一笔小数字啦。别争啦，就让我出了吧。我如果有福气的话，还想认她做我的干女儿呢。行了，别再在这个事上过意不去啦。"

郝俊峰说："好，那就真的谢谢您了。"

郝俊秀出院后的第一件事就是给崔可娅打电话。打通电话后没等郝俊秀说话，崔可娅就急切地问："你出院啦？手术做得怎么样？"

郝俊秀说："手术做得挺好。你怎么知道的？"

"我听高总说的。"

郝俊秀说："我在给高总理发时犯病的，是他送我到医院的。住院费也是他给出的。我出院了，想谢谢人家，可是我连高总的手机号是多少都不知道。你告诉我一下。"

崔可娅是他们俩中间的联络人，还有一些其他的考虑，所以就立刻将高强的电话告诉了她。她们又聊了几句别的事就挂了电话。

郝俊秀接着就给高强打电话。她听到对方的声音后说："我是郝俊秀。高总，谢谢你了。"

高强说："别客气，不用谢。这几天怎么样？"

"挺好的。我哥给你住院费你怎么不要？"

高强说："你平时能很细心地给我理发，在理发过程中还能用话语给我以一定的宽慰，我很感激。你可能不觉得，我来你这儿理发，心中的许多烦乱事儿都被你给赶跑了。再说你忍着疼痛给我理发，病是在给我理发时发作的，所以这医疗费就让我给你出了吧。这事就这么过去了，不要再提了。"

郝俊秀说："这样不好吧。"

"没有什么不好。再说了，这点钱在我这儿不算什么，可对于你们家来说，可不是一笔小的开支。不要再说这个了。你还有几天能上班？"

"后天我就想上呢。"

高强说："你上班我就去理发。"

郝俊秀说："好。"

郝俊秀一上班，高强就真的去理发了。郝俊秀看到他的头发就禁不住失笑。他的头发还是自己半个月前给他理发时剩下的样子。她笑着问："这么多天你怎么不到外边去理一理？"

高强说："开始忙你住院手术，后来打过手就忘了。"

接着他又打趣地说："另外，我自从到你这儿理发后，就有点忘了外面还有理发的了。"

郝俊秀边理边说："你这么大个人物，就这么出现在大家面前，不怕人家笑话？也没有人给你提醒提醒？"

高强说："我哪算什么大人物呢？只不过是个有点闲钱的平民百姓而已。噢，司机说过两次，我说去理，可就是一直拖到现在。"

他接着说："这头发也不算太难看吧？"

郝俊秀说："够难看的。"

高强又说："难看这不也已经过去啦。只要自己不在乎，什么事都是可以过去的。"

理完发后，郝俊秀说："你对我的恩情我什么时候才能报清呀？"

高强说："我们现在就是两清，无须补报。再别提这事啦。"

郝俊秀还是嗫嚅着说："我出院后回了趟家，我一直想着如何补报你的恩情。想杀个羊给你拿点羊肉吧，多了我拿不动，少了又不值得，再说你们也不缺。想拿点鸡蛋吧，我又不可能一回去就到你们家，放到和人租住的屋子又觉得不方便。我们刚打下红豆，我挑了点好的，给你拿来了。这是点最不值钱的东西，只能是表个心意，实在是拿不出手，不要见怪。"

高强看到她那异常真诚的态度，为了满足她的心愿，爽快地说："红豆好，我要啦。在哪儿呢？好像古人还有一首专门写红豆的诗呢。"

郝俊秀心中感到高兴。她并不是觉得红豆比羊肉、鸡蛋贵重，她之所以选红豆送高强也是出于这首诗。但她没有附和高强去谈红豆诗，只是说：“在我住的地方呢。找个机会我给你送去吧。”

高强一想，理发最快也得半个月以后来，我来了她还不一定拿来。于是他说：“我看你们也快下班了，要不你早走一会儿，坐上我的车回去给我取吧。”

郝俊秀说：“那也行。”

高强取上郝俊秀给的红豆后，在回家的路上围绕着红豆想了很多。首先他感到她送他这红豆虽然不贵重，但很富有诗意。接着他就咏起了红豆诗：“红豆生南国，春来发几枝。愿君多采撷，此物最相思。”他也不管郝俊秀给他的红豆和诗中的红豆是不是一样。进而他又想，郝俊秀知不知道这首诗，送他红豆有没有这层意思。想到这里他马上就给了自己一个否定的答案：她一个初中生，不一定知道这首诗。即使她知道，有那层意思，你也不该有。她应该是你孙子辈的人了，想都不该想。

过了大约二十多天，胡巧凤坐飞机到成都去看儿子了。高亦伟要买的房子她看后觉得还比较满意。给他放下一张用于购房的银行卡，待了三天就准备回去了。意外就这样降临了，就在她打车到飞机场的路上，出租车和一辆迎面而来的大卡车相撞了。出租车被撞得特别惨，司机和她双双遇难。卡车司机受重伤被送往医院。经查是卡车司机酒后驾车造成的悲剧。

高强听到了这个消息十分震惊。他怎么也想不到能出这种事，好好的一个人怎么就这么没了。他放下手头的事立刻飞往成都。他在成都待了一周，了解清事情的来龙去脉，解决了赔偿事宜后，他和儿子陪着胡巧凤的遗体回到了临海。周知了至亲好友后进行了安葬。

高亦伟对于母亲的去世十分痛心。他觉得要不是为自己，她哪能出这事。从听到这个噩耗后，直到现在，他一直都是以泪洗面，很少吃喝，身体明显瘦了一圈。他媳妇艳梅看到他这样十分心疼，一直陪在他身边劝慰，想方设法给他喂些汤水流食。

高强看到儿子这样也十分心酸。一家三口，妻子遭遇不测走了，儿子一直在母亲离世的悲痛中缓不过劲儿来。他此时还想到，以前她虽然不经常回家，但她隔三岔五总还是回来的，尤其是在自己的心里总还是有个她。现在没了，彻底没了。接下来就该是自己孤孤单单地度过晚年了。这些都使得高强甚感心力交瘁。

安葬了胡巧凤的第二天，高强把高亦伟和儿媳妇董艳梅叫到身边，语重心长地说："亦伟，母亲去世是一件十分悲痛的事情。但人死不能复生，活着的人还是得坚强地活下去。你坚强起来，走好以后的路，你的妈妈才会含笑九泉。你看你这些天，瘦了好多。这样下去，你还怎么能够做好今后的工作呢。你今后的工作担子是很重的。一个是你要努力做好你现在的工作，再一个，你将来还得接手咱们家这个大摊子呢。我现在还能够这么勉强支撑着，但我已经六十多啦，已经步入了老年人行列了，支撑不了几年啦。这些任务都要求你尽快缓过劲来，坚强起来。

人的一生中悲苦之事总会遇到，谁也逃不脱。遇到了要尽快从悲苦中解脱出来，要化悲痛为力量，鼓起更大的干劲，勇往直前地继续向前走。”

他接着说：“你这些天这样，看把艳梅急的。我看她也憔悴了许多。赶快振作起来，回到工作岗位上去吧。你们回来也不少天了，你岳父、岳母他们都会惦记的。我今天就说这么多，你们觉得呢？”

停顿了一会儿，高亦伟说：“行吧，我们这几天就回去。”

董艳梅接下去说：“爸爸说的对。我们这几天就回去。我父母那边我经常给他们通电话，他们很理解，倒不必顾虑。”

高强催儿子走是想让他换个环境，尽快从思母的悲痛中走出来。可是儿子走了以后他又倍感孤单。白天有那一大摊子事缠身，还不觉得什么。晚上回到家里，四室一厅的大房子，里里外外就他一个人，很感孤单。胡巧凤在时虽然也不常回家。可心中总还是有这么个人呀。况且，那时家里的许多事情都是由她去打理的。她回来时哪怕是两个人争辩吵架呢，总不会像现在这样，形单影只的一个人。

崔可娅到他办公室说过许多次，想帮他料理家务，他考虑到她的心事，都婉言谢绝了。

面对他的这种情况，有的同事、朋友们也给他提议，让他续弦。岳秀珍有一天专门给他打电话，说要给他介绍一个老伴，他的回答很干脆：“巧凤刚走，以后再说，现在暂不考虑。”

在儿子走后的一个星期天，他又到郝俊秀那儿理发去了。郝俊秀一看到他就以惋惜和同情的口吻问道："高总，事情料理完了？"

她已听说了高强丧妻之事，心中很替高总惋惜，很想出力帮忙，又碍于自己一个姑娘家，觉得在这种情况下也帮不上啥忙。她本来想打个电活的，又不知道打通了该说点啥，所以就连电话也没打。

高强说："完了。"

郝俊秀却生生地说："胡婶这一走，你会不习惯的。家里有许多活儿是该女人做的。以后有什么活儿需要做，你叫我。我细活儿做不了，粗活儿还可以。"

高强说："谢谢。一般家务活我还做得来。"

郝俊秀一边理发一边又问："那你饭怎么吃呢？"

"我基本上在外边吃。兴趣来了，偶尔自己也做一顿晚饭或早餐。"

"高总还会做饭？"

"将就哇。"

"我看你不是个会做饭的人。从长计议，还是请上个保姆吧。做饭、洗衣、打扫房间，有不少营生呢。你有一大摊子事，哪能顾上这些呢。"

"你说的对，看来我是需要请个保姆啦。"

过了不久，他请了一个全职保姆，从早到晚都在他家，晚饭后回去。这倒也帮他解决了生活上的不少问题。可是这保姆大事小事都问他，让他感到家庭琐事也是真够让人操心的，觉得操持一个家也不比经营一个公司省多少心。进而，他想到了家庭主妇的作用，想到了胡巧凤的不可或缺。

胡巧凤走了以后，惠民餐厅也得高强去打理。这时他又想，建筑业务停了，省心了不少。可现在惠民餐厅又得去操心，与其操心餐厅，何不把开惠民餐厅所在的这四千平方米的一栋楼开成宾馆呢？住宿、吃饭一条龙不更好吗？他考虑惠民餐厅已经打开的局面，在此基础上开设宾馆应该也不会差。于是就立即着手行动了，没用半年时间就对外营业了，名字叫惠民宾馆。他的工作比以前更加繁忙了，加上多年来施工顶回来的房产经营、销售这一摊子工作，高强本想轻松反倒更忙了。

到了公司忙碌，回到家里冷清，这就是他现在面临的现实生活。他对这个现实很不满意。他觉得忙碌倒是可以，但是忙碌奋斗不就是为了过上个舒心、美满的日子吗。我这冷冷清清的，能叫舒心吗？能叫美满吗？我这是奋斗下个啥？自己为什么会落入这么一种境地呢？是我自己的过错呢，还是上天对我不公？他百思不得其解。每到这时他就会想到去理发。似乎只有去郝俊秀那里理发，自己这颗劳碌烦乱、寂寞孤苦的心才能得到一定的缓释和宽慰。

这天是星期六，高强又去理发了。郝俊秀给他边披理发外套边说："里里外外就你一个人，家里的活儿你肯定忙不过来。

你怎么一次也不叫我。这是看不起我，怕我做不好呢？”

高强说：“我最近请了个保姆。”

“那还可以减轻你一些负担。”郝俊秀接下去说：“我病了你既操心又破费，我心里一直过意不去。想在你这次遇到困难的时候补报一下，你还始终不给我机会。”

高强觉得这姑娘是一个很讲情义的姑娘。对别人的一点点帮助始终念念不忘，很懂得感恩。加上和她一见面他就对她有很好的印象。所以他想把存在自己肚里很久的话说出来，可又觉得在这里说不好。于是他说：“晚上下班后你有没有事？”

郝俊秀说：“没有。”

“你要是没有事，晚上到我家来，我想跟你谈点事儿。”

郝俊秀心中思谋，不想在这儿说，到家要跟我谈什么呢？不过从她和他这么长时间的接触来看，她觉得高强是个正直的人，是个可信赖的人，不会有什么问题的。所以她没存任何防备心理，很爽快地答应了：“好的。”

郝俊秀来到高强家以后，高强让坐，让保姆给她砌了一杯茶后说：“还没吃饭吧，就在这儿吃吧，面条。”

郝俊秀觉得高强要和她说的话不会太多，所以她一下班没吃饭就来了，准备谈完后再去吃。现在高强让吃，她又不会扯谎，就只好在这儿吃了。

吃完饭，保姆收拾完走了，高强接住下午理发时的话说：“你看病那点事就不要再提什么补报啦。从我见到你以后，我就觉得你是一个讨人喜欢的好姑娘。你如果愿意，做我的干女儿吧。”

高强对她一直有好感，她是知道的。所以郝俊秀对于高强的这一提议并不感到意外。但她没有马上回答。想了好一阵子，说了一句和高强的想法完全不一样的话：“高总，你是个好人。但是，我没想过做你的干女儿，我没这方面的思想准备。”

高强听到了这句话，如同当头被泼了一盆冷水，感到有点失落。他本来以为自己郝俊秀非常了解了。他满以为自己的提议会得到一个满意的答复。想不到她会说出和自己愿望完全相反的话来。

这句话噎得他还没想好该怎么回应的时候，郝俊秀又开口说话了，“高总，你可能对我的答复会感到意外。自从认识你以后，我觉得你是个好人。企业做得很大，是属于富豪一类的人了。可是你平易近人，没有一点架子。你很能体察民情。对待你的员工和普通百姓，能够设身处地地体量他们的疾苦，并能够尽力给予他们帮助，我很敬佩你。你对我的好，我是心知肚明的，是感激不尽的。我病了你及时送我去医院；住院动手术，你又帮着找了医院最好的大夫来给我做手术；住院、手术的费用你又全给出了。这让我终生难忘。我心中始终有一种这辈子无法报答你的感觉。所以就思思谋谋想着报答，可一直找不到报答你的机会。你今天提出的这个要求，是一个报答的好机会，可它不符合我的想法，我不想答应。我现在思想上也很矛盾，我怕我这么一说，让你心里不痛快，又怕你以后不再理我了。

我想在这儿表一下我的态度,今后你和家里有什么需要我做的,尽管说。不论是什么时候,我都乐意来做。即使是上班时间,我也会丢下工作来的。你如果愿意让我给你当保姆,我马上就来。我也知道,你来我这里理发,还有一个想法就是想来见见我,和我聊聊天。可能我们的见面和聊天会缓解一下工作给你带来的某些烦乱情绪。你今后可以常来。我也很希望你来,我也很愿意和你聊天。”

高强听后有点丈二和尚——摸不着头脑。让当干女儿,人家不愿意,却又很愿意让自己来她这儿。不管怎么样,既然人家不同意,就不能勉强,应该尊重她的意愿。于是他说:“不愿意做干女儿,就不做吧,没什么。我今后还会照样去你那儿理发的。”

郝俊秀说了不想做他的干女儿的话以后心中很是忐忑不安,生怕高强不理解她的想法,所以才说了上面那很长的一段话。听高强刚才这么一说,心中的顾虑打消了一些,但是还没完全打消。她也想过,干脆把自己的全部想法向高强和盘托出吧。可又一想,现在恐怕还不是时候。因为她也清楚,她的这个想法是有悖于常理的。说出去后很可能会带来家人的反对和社会上的非议。就是作为当事人的高强恐怕也会有很多的顾虑。她翻来覆去地想,觉得如果自己把心中的想法说出去以后肯定会引起不小的轰动,所以她宁肯让高强误解也不想现在就把藏在自己心底的秘密说出来。

为了避免高强产生误解，她又进一步说道："我希望你以后来我儿的次数不要因此而减少。我是一如既往的对你充满崇敬和佩服之情。说实在的，你来我这儿理发其实也是在给我带来愉悦。"

高强听后感到很高兴。她虽然拒绝了自己的要求，但又说自己来会给她带来愉悦，并希望自己能来得更勤。于是他说："放心，我今后来的只会多，不会少。你是一个很好的姑娘。如果不是因为你好，我也不会提出让你做干女儿的。我也听出来了，你不想做我的干女儿肯定有你的道理，我完全理解，我不会因此产生任何想法。通过这件事情我还看出你心很细，考虑问题很周全。年纪轻轻的，能够这样设身处地，换位思考，能够细致入微地消除对方可能产生的疑虑，而且还能够把握住对方的思想脉搏，有针对性地进行解释，以看出你的用心良苦。我的要求虽然没有实现，但听了你不厌其烦地对我说的这一席话，我心里觉得暖暖的。"

这年春节，高强的儿子、儿媳和孙女都回来过年了。过了年临走时，高强和儿子高亦伟、儿媳董艳梅进行了一次认真的谈话。高强说："还是我以前跟你们说的，我已六十多了，干不了几年了。我的意见是你们辞了那里的工作，回临海接替我的工作。我呢，好逐渐地退下来，享受一下晚年生活。咱们家这一摊子事，就是你们完全熟悉了也够你们俩操持的。建筑业，涉及的门类很多，延伸出来的还有房屋销售、物业管理、经营宾馆等。如果你们感兴趣，今后还可以搞房地产开发，会大有干头的，不会让你们没有用武之地的。”

高亦伟耐心地听完父亲的话后说：“爸爸，您说得挺对，挺有道理。不过我现在还没往这方面想。因为我学的是化学，现在从事的是科研工作，我还很热爱自己现在所从事的这份工作。希望在若干年后能做出点名堂来。再说，艳梅又在那里的大学任教，离她妈家近，相互也好照应。特别是高馨又即将在那里工作，我们回来的话有诸多不便。”

董艳梅也接着说：“爸，您现在身体还挺好，经营起来又是轻车熟路，再干个十来八年没问题。”

高亦伟接下去又说：“爸，先让我们在那儿干上几年，这事以后再说。我倒是还有一个一直在考虑的问题。妈妈走了，我们又离您很远，您一个人生活，时间长了会很孤单的。如果有合适的人，可以再找上一个伴。”

董艳梅也附和道：“是啊，那么大个家，回去连个说话的人也没有，太孤单了。又不是一天两天好对付。从长计议，是该找个伴儿。”

高强觉得孩子们说的不无道理，但这又是一个不那么容易解决的问题。他也不想在这里和孩子们讨论，所以他很简短地答道：“这事慢慢再说。你们眼下不想回来那就不回来吧。不过你们还是要好好考虑考虑。”

儿子和儿媳异口同声道：“行。”

一天下午，他感到身上有点不舒服，也没有在意。晚上有个应酬，他还是去了。司机送他回来时他也没说什么。可是司机走后他感到身上难受得愈来愈厉害，全身发冷，像是发烧的样子，头还有点晕。这时保姆已经回去了。他正思谋着想把司机叫回来到医院去看看，忽然来了个电话。他一接是郝俊秀。

由于过年，孩子们又回来了，他有很长一段时间没到郝俊秀那里去了。郝俊秀有点纳闷，所以打来电话问他。接到电话后，他来不及解释这一段时间为什么没去，就有气无力地说：“我现在身体有点不舒服。”

郝俊秀听到了这句话后忙说：“身上不舒服，是怎么了？你先躺着不要动，我马上过去。”

郝俊秀来了，看到高强脸红红的，摸了下，头很烫。她给他倒了杯开水说：“到医院去看看吧。”

高强把司机夏爽的电话号告诉了郝俊秀。郝俊秀立即给司机打电话。司机很快就到了。

到医院一检查是重感冒，体温三十九度二，肺部有点感染，需要住院输液。司机办完住院手续后对郝俊秀说：“你回去吧，我来陪高总吧。”

郝俊秀说：“你回去吧，不用车了，我来陪。你明天还得上班。我明天可以不上班。”

司机看到郝俊秀态度很坚决，似有一种不容争辩的意思。于是他没再说什么，不知如何是好地把目光投向了高强。

高强也有意让郝俊秀留下，于是对他说："小郝让你回去你就回去吧。不要把我病的事告诉其他人啊。输上液明天我也许就好了。"

夏爽说："好。那我走了。"

夏爽走后，郝俊秀不住地看着液体向下走的速度，生怕慢了快了出个什么偏差。隔了一会儿她又去问大夫："大夫，他头发烫，用热毛巾敷上会不会降热降得快一点？"

大夫说："可以用温水敷。"

听了大夫的话后，郝俊秀就端来一盆温水，用毛巾给高强擦拭头和胸部。她边擦边说："你可能是受凉啦，要不就是吃的不合适了，不然怎么会感冒发烧呢。你感冒了也不给我打电话。我以前跟你说过，你有什么事就给我打电话，我会随叫随到的。不当你的干女儿就连电话也不打了？你现在一个人了，不一定什么时候就会出现一些不适，不要总是一个人扛着。像今天这样，我要是不给你打电话，你怎么办？就那么烧着？是不是我不给你打来电话你也不会给我打电话？"

高强说："我不以为会烧到三十九度二。"

郝俊秀说："这不是到了这么高了，你也没打吗？我以前说过你有事就给我打电话，其实是不论大事小事你都可以给我打。我都可以做到随叫随到。"

通过输液和郝俊秀的细心擦拭，高强的烧退下去了。他听了郝俊秀的絮叨后说："我知道了，以后我有事就给你打电话。"

郝俊秀带点迁怨的叙叨，高强也听出来了，是出于关心。可他还是有点不明白：你这么关心我，想让你做个干女儿都不答应。这究竟是怎么一回事呢？

输完液后，大夫量了一下体温说:“不烧了。好好睡上一觉。”

郝俊秀看了一下表自言自语道：“十二点半了。”说着拿上脸盆去打了一盆热水放到高强的床下，“来洗洗脚好睡。”

高强说：“不用洗了吧。”

郝俊秀不管他是什么态度，过来就给他脱袜子。在这种情况下，高强便不再坚持了。他嘴上说不用洗了，可脚一往热水盆里放，顿时就感到很舒服。郝俊秀蹲下去用手来给他洗，他急忙说：“我自己来。”

郝俊秀一边洗一边说：“你坐着吧。别忘了你是病人。这又不费事。”

高强觉得在这种情况下只能听从她的摆布了。只好任由她来给自己洗了。让别人给洗脚还是他一生中的第一次。小时候母亲可能给自己洗过脚，但不记得了，再就没有人给自己洗过脚了。近年来临海也开了几家足疗店，一些朋友和业务上的合作伙伴多次邀请他去，他都借故婉言谢绝了。郝俊秀作为一个姑娘，这么热心地给自己洗脚，他心中的感觉很特别。这种感觉是无法用言语来形容的。用人们常用的舒服两个字来表达是远远不够的。心中油然而生的那种惊喜、满足、激动和不解让他十分欢快，身体格外轻松，似乎比输液还管用。两小时前的感冒难受早已跑得无影无踪了。此时他想了很多。她这可能是对我以前帮助她治病的回馈、补报；也可能是从她给我理发以来的相处中觉得我是个好人；还可能是一个纯朴善良女孩的本能反应。不管是基于哪一点，都反映出她是一个很好的女孩。就是自己的女儿也不一定能做到这个程度。他还在想，她对我这么好，可为什么不想做我的干女儿呢？

郝俊秀给他擦完脚，帮着他把脚扶到床上说："好了，你好好睡上一觉。"

高强说："行。你打个车回去休息吧。"

郝俊秀说："不用，你不用管我，赶快睡吧。我趴在床沿上就可以睡。"

高强觉得再多说也无用，就躺下睡了。

第二天早晨七点，郝俊秀从外面早餐店打来两碗蔬菜瘦肉粥说："来，吃饭。"

高强说："医院有早餐，你为啥还去外边买呢。"

郝俊秀说："我觉得吃一点粥比较好。这粥做得不错。"

高强边吃边想，可真是难为她了，小小年纪，想得这么周到。

高强没把自己感冒的事跟儿子、儿媳说。他住了两天院，郝俊秀陪了两天。中间司机来替换她休息了两次，但加起来也就三个小时。

自己岁数大了，儿子又不想回来，高强不想像以前那样大干了。所以近两年没再承揽工程，只是经销过去分下的房屋，对自己已经拥有的房产进行屋业管理。另外就是经营惠民宾馆。事情虽然不少，但没有承揽工程那么复杂，加之各处的工作人员选配的比较齐备、得力，高强又善于调动人们的积极性，所以各项工作都进行得有板有眼，开展得有声有色，而他自己反倒显得很悠闲。

高强还是不到一个月就去找郝俊秀理一次发。从那次感冒陪床以后，郝俊秀到高强家的次数也多起来了。碰到吃就吃，碰到喝就喝，不像过去那么拘束了，每次来了待的时间都挺长。晚上吃完饭，她还会待很长时间。

保姆看到这种现象感到有点奇怪，暗暗寻思这两个人是什么关系。说是亲戚吧，两个人又彬彬有礼，客客气气的；说是朋友吧，两个人的年龄相差悬殊。这姑娘来得很勤，对高总挺关心。高总也很喜欢她来。

有一天，保姆走了以后，郝俊秀给高强洗完脚说："我们店里最近又开展了一项按摩业务。"

高强马上问道："你也给人按摩？"

"我不按。"

高强关切地继续问道："你为什么不按？"郝俊秀听出了他那急切询问的弦外之音。她本来就决定不去按摩，但听了高强的问话后改成，"我还没学会呢。"

"那你学会了还要去按摩？"

郝俊秀装成无可奈何的样子，说道："到时候没办法的话也得去按。”

高强提高了一点声音，斩钉截铁地说：“不要去按。你给男人按摩，肌肤接触，有些男人就会得寸进尺。加上按摩的界线也不好分清，有些思想不纯的人会向你提许多无理要求的。我本来就一直在想，你干脆连理发也别干了，到我们单位来吧。”

郝俊秀说：“我能去干什么呢？”

高强说：“你这么聪明，什么不能干，先到办公室搞政务。”

郝俊秀说：“我怕做不了。以后再说吧。”

她接下去说：“我想先给你按，等在你身上学的差不多了再给别人去按。”

高强说：“算了吧。我不让你在我身上学手，你也打消了给别人按摩的念头吧。”

郝俊秀说：“给不给别人按那是以后的事了，你可以先感受一下，看我学的怎么样。”说着她就把枕头放好，指着床上说：“来，你躺在这儿。”

高强说：“算了吧，你不必学这个。”

郝俊秀执意坚持，“我不是在你身上学手，我也不准备给别人按。我觉得你岁数大了，每天的工作都很劳累，再加上感冒刚好，按一按对你的身体有好处。给你按又不是给那些思想不纯正的人按。来，躺这儿。”

高强说：“你常来给我洗脚，我都有点过意不去了，还再按摩。”

郝俊秀听也不听他说的话，指着枕头说："来，躺这儿。"

高强虽有点不情愿，但看到她这么热情，如此坚持，也就无可奈何地躺了下去。郝俊秀从头到脚给他进行了一次全身按摩。高强从未让人按摩过，加上郝俊秀又按得认真，所以他感到全身舒爽。在按的过程中，高强说："你按得很不错，我感到很舒服。我看你这按摩技术掌握得差不多了，你是不是已经在给人按了？"

郝俊秀说："我觉得我掌握得也差不多了。不过我还没给别人按过，也不准备给别人按。正像你说的，我怕招惹是非。就给人理理发，还不断有人来骚扰，再要给人按摩上，我可就不得安生了。"

高强说："对，你这个主意很对。那你为什么给我按摩呢？你不怕我给你带来麻烦？"

"不怕。你，我应该是了解的。你和那些人不一样。"

高强跟她调侃道："那我要是被你按的上瘾了怎么办？"

"那我就天天来给你按摩。"

"真的？"

"真的。"

高强兴高采烈地说："我这是几辈子修来的福分呀！"

郝俊秀说："你是不是还不相信？"同时，她在心里还在暗暗地说，这么长时间了，你怎么就不理解我的心呢。

高强说："我相信。你对我比一个女儿对父亲还要好。"

他真的相信，如果他需要，她是会天天来的。他又在暗暗思忖，她能这么对我好，为什么就不愿做我的干女儿呢？他百思不得其解。他不是没从其他方面考虑，但他一从那方面考虑就马上自我否定了，因为他从主观上就认为那是不可能的，而且是不应该的。严格地说，那是属于乱伦，想都不该想。他认为，不仅是他不该那么想，她也不该那么想。

收拾完后，郝俊秀说："我回去啦。"

高强说："太晚啦，我送你回去吧。"

郝俊秀没有拒绝。这么晚了，也不方便叫司机了，出去打了个车走了。

现在高强不仅是去理发才能见到郝俊秀。郝俊秀至少一周要来给他按摩一次。高强并没要求她这样，是她主动这样做的。她要这样做，高强也不再拒绝了，慢慢地变成欣然接受了。

一天，就在郝俊秀给高强按摩的时候，她妈给她来电话了，"秀秀，下班了没？"听她妈说话无精打采的。

她们理发店下班时间不固定，有时候会很晚。

郝俊秀说："下了。妈，有事呢？"

她妈妈说："也没个啥事，就是我最近肚子总是有点不舒服。"

"怎么不舒服？疼呢？"

"今天小肚子不住气地疼，小便不痛快，脚也有点肿。"

郝俊秀说："我明天回去接你来临海，到医院检查检查吧。"

"太麻烦了吧。过上几天也许就好了。"

“还是来医院检查检查放心，不要总是那么扛着了。我明天回去接你。”

她妈没再说话就挂断了电话。

郝俊秀打完电话后，高强问道：“你母亲病了？”

郝俊秀说：“她肚子疼。”

高强又问：“以前有没有这毛病？”

“没听她说过。”

高强说：“那你快回去接来查查。”

他接下去说：“今天就别按了。我一直在想着一个事，就是咱们第一次见面时你谈到的买房的事。你们真需要买个房子了，把你妈接来。你看这老人一个人住在乡下，有个病痛真的不好办。”

郝俊秀说：“是啊。我跟我哥就是在朝着这个目标奋斗呢。可就我们这点工资，何时能实现，还很难说。”

高强说：“那次见面时，崔可娅说你想买我们的房，我说了你不能按我们单位职工买房的价格买。这是实话，我也没把这事放在心上。后来咱们接触的多了，我觉得你是一个好姑娘，所以想认你做干女儿。从那时开始我又想起了你们想买房子的事。我自己还在私下里给你做了这样一个安排，你先调入我们单位，成了我们单位的职工就可以享受购房优惠了，而且还可以采取按揭的方式，交个首付款就可先住房。”

郝俊秀说：“这样行吗？”

高强说：“可以的。你先到办公室工作，以后慢慢再说。”

郝俊秀说：“你这么特殊地对我，不怕引起大家的议论吗？”

“不会，没事。”

郝俊秀说：“我回去看看我妈再说。”

郝俊秀知道哥哥那儿工作忙，给他打电话说了母亲生病的情况就回去了。回去后看到母亲疼痛的样子，当天就接上她来到了临海。第二天就到医院检查，是肾炎，另外子宫上还有个瘤子。

医生说：“肾炎先可以采取吃药、打针来消炎，子宫瘤最好是切除。”

郝俊秀和郝俊峰也不懂，只好听大夫的。

这问题就来啦。打针、吃药、住院动手术需要不小的一笔钱啊，这对于一个农民家庭来说，可是一个很大的问题。就是变卖了全部家产也未必能够，况且也来不及啊。面对这个难题，兄妹俩一筹莫展。只能是两个人凑了些钱，交上部分押金，给医院说了许多好话，硬着头皮让母亲先住了院，走一步说一步吧。

郝俊秀接来母亲后只顾忙着陪母亲到医院看病，没顾上去高强那里，也没给高强打电话。她不好意思给他打电话。她觉得高强要是知道了，肯定会出手相助的。她想：我们现在虽然正处在没钱给母亲治病的紧要关头，可我凭什么一次又一次地让人家帮助我呢。

高强心里却一直在惦记着这件事情。他等不上郝俊秀来电话，就主动给她打过去了。知道她母亲住院后，他立即到了医院。了解清情况后，马上让司机回去开了一张足额的支票交与院方。看到高强这一举动，郝俊峰和郝俊秀兄妹二人都觉得有点承受不起。但母亲治病要紧，又别无他法，只能是怀着一种无比感激的心情接受了高强的帮助。

同时，郝俊峰和他妈因此都对郝俊秀产生了一些疑问。一个家财万贯的企业家为什么这么慷慨地资助我们呢？上次资助是因为郝俊秀是在给他理发时病的。这次又不是那种情况，他依然慷慨资助。这究竟是为什么呢？眼下治病要紧，没有这钱还真是无法看病。所以两个人现在还只能把这个问题暂存心底，都没有丝毫的流露。

郝俊秀对于高强这个慷慨的举动心中也是很不安的。她知道高强是喜欢自己，是很希望自己能够做他的一个晚辈。而她呢，却不想满足他这个愿望。他们俩在想法上存在着一定的差距。通过这么长时间的接触，她越来越觉得高强不仅是个好人，而且是个敢于担当的好男人。虽然年过花甲，但面色红润，体格健壮，装束得体，伟岸有型，善眉善眼，和蔼可亲，事业有成，从不居功。做事不畏艰难，意志坚强，思维敏捷，遇事有方，处事果断，敢于担当。两个人多次独处，她多次给他按摩，他都没有丝毫不规之举，是一个少有的正人君子，是一个女人可托付终身的好男人。可他就是不往这方面想。可能是嫌自己太年轻了或者是自己的标准还达不到他的要求。既然两个人还想不到一起，这左一次右一次的资助，这么大的恩情，真不知道该如何报答是好。

郝俊秀母亲的手术很顺利，切出的是个良性肿瘤。可肾炎的治疗见效不快，还得继续消炎。可是，刀口愈合后，郝俊秀的母亲坚持不再住院了，执意要开上些药回去调养。兄妹俩无奈，只好让妈妈出院回家了。她妈妈手术刚动完，肾炎还没好，身体还很虚弱，回去又是一个人，郝俊秀只好陪着回去了。

回去后郝俊秀给高强打了个电话，“高总，最近我不能到你那儿了，我妈出院了，我陪她回老家啦。”

高强惊讶地问道：“这么快就出院了？全好了？”

“肾炎还没全好。她硬要出，我们也劝不住。”

“还是继续住的好。是不是怕多花钱呢？钱打上去的管够，不够咱们还可以再打嘛。”

郝俊秀说：“是，就是怕多花钱。她怕，我们兄妹俩也怕。”

高强打断郝俊秀的话说：“你们这真是，我让他们打过去的住院费足够。你们应该劝说她继续住院治疗。身体要紧，不能因怕花钱耽误了身体。你要是早跟我说，我可以去劝劝她。另外，我应该早点告诉她不要考虑还钱的事。或者当时就应该以你的名义往医院打钱，那样，她就没顾虑了。”

郝俊秀说：“那样她会顾虑更大的。我哪来的那么多钱呢。不只是她怕多花钱，我和我哥也怕多花钱呢。我和我妈住院花了你那么多的钱，我不知道什么时候才能还得清、补报的完呢。”

高强说："你这话说的就有点生分了。你如果认作我的干女儿就不会说这话了。再说了，我病了你作为个姑娘家，那么悉心地照顾我。你对我的照顾，可以说是无微不至的，是比亲人还亲的。我感激不尽，永生难忘。病好了你还常来看望我，给我洗脚，给我按摩。一个再孝顺的儿女，给父母洗脚那也只能是偶尔的一次。你这是经常性的。这种照顾是无法用金钱来衡量的。对于我这样一个年已花甲的孤寡老人，能遇到你这样一个好姑娘，是我的幸运，是我的福气。要说补报的话，我才是不知道该如何补报你呢。"

没等郝俊秀说话，高强又说道："谁欠谁，谁该补报谁咱们就不要在这儿讨论啦。你什么时候回来呀？"

"还说不准。丢下她一个人不行。我明天想去请我的一个姨姨来替我照顾一下她。她要是能来，我就回去上班了。"

高强说："安排好了尽快回来吧。请你姨来帮忙那也只能是个权宜之计。从长计议还是得把她接到临海来，这样才可以一劳永逸。今天不细说了，你回来再商量吧。"

"好吧。"郝俊秀本来还想说什么，听到高强那样说也只好作罢了，挂了电话。

两天后，郝俊秀回到了临海。回来时已经是下午下班的时候了，她直接到了高强家。她想，母亲住院、自己陪母亲回老家，我妈有好多天没给高强洗脚、按摩了。如果他在，可以给他按一按。

郝俊秀到后不久，高强就回来了。两个人见面后都有久别重逢似的兴奋感。

高强问：“家里安排好了？”

“我姨姨去了。她身体不错，她们老姐妹平时来往的挺频繁。有她照顾会不错的。”

高强说：“你回来了就来我们公司上班吧，不要再到理发店去了。”

郝俊秀对他这个提议没感到突然，但是事情真的摆在眼前了还是不无顾虑，“能行吗？”

高强胸有成竹地说：“能行。你到办公室，负责行政事务。”

郝俊秀有点胆怯。但这是一件好事，她心里很高兴。她觉得高强对自己实在是太好了。她掩住内心的兴奋说道：“行吧。去了试试，不行了我再回来重操旧业。”

她说着就去打了一盆水给高强洗脚。

高强说：“以后洗脚我自己来，你只给我按摩就可以了。”

郝俊秀说：“你也不要有什么过意不去的。岁数大了，弯腰是个问题。洗脚的劳动强度又不大，比在乡下农田里干活轻松多了。”

高强说服不了她，也就只好由她去了。

一周后的一天晚上，郝俊秀来到高强家，刚一坐下，高强就问：“办公室的工作能适应吗？”

“还可以。”

高强接着说："你可以按照咱们公司的职工来享受买房优惠了。你们合计一下看买多大的房。我估计肯定是得走按揭了。你们看一下首付够不够，如果不够，我可以给你贷款。"

郝俊秀说："你给我贷，不怕我还不了？"

"有你在，我不怕。"

"为什么有我在你就不怕呢？"

"你对我这么好。通过我们这么长时间的相处，我觉得，你现在事实上已经是我的干女儿了。不，还不仅如此，你现在对我甚至比一个亲闺女对父亲还要好。"

郝俊秀说："你是不是还一直在想让我做你的干女儿呢？"

"是啊。这个想法我一直没打消。由于你对我这么关心、爱护，我这个想法比以前更强烈了。"

郝俊秀半认真半开玩笑地说："你要总是就这么个想法，恐怕会让你失望的。"

高强异常不解地说道："我很不理解。你对我这么好，可又不接受我的这个应该算是很合乎情理的提议。你是对我还是对我们这个家有看法呢，还是基于某些原因让你在思想上产生了一种认知障碍，进而形成了一种无法摆脱的成见呢？"

郝俊秀笑了笑说："都不是。高总，你想多了。"

她很想这时就把自己的内心想法说出来。可又一想，她的这个想法毕竟是一个违背传统习俗，许多人都很难接受的想法。在还没有完全摸透高强对这个问题会持什么态度之前，她不会轻举妄动。于是她叹了一口气说道："高总你还是不了解我。我的想法你以后慢慢会知道的。"

高强让郝俊秀弄得一头雾水。她既不接受自己的提议，又不想说明情由，他也只好绕开这个具体问题，说了一句："女孩子的心事很难猜透。先不说这个了，你合计一下，把房子买了，简单装修一下，就可以把你母亲接来了。这样就可以解决你的后顾之忧了。"

郝俊秀掩饰住自己心中对高强的感激之情，慢条斯理地说："高总，我们认识的时间不短了，可你至今还没有真正了解我。在你还没有完全了解我的情况下，就这么一而再再而三地帮助我。虽然你的这些帮助都是我很需要的，但我真的不知道该不该接受。你刚刚热心地给我安排了工作，又如此细心地安排我们一家人的生活，我很是感激，但又有点不敢接受。"

她接着又说："作为头脑异常敏捷的高总你来说，不可能不了解我的想法。再不就是有意不去正视我的想法，想距我于千里之外。"

高强不是没看出她的心事，但他总觉得这是不可能的事情。他觉得他和郝俊秀简直就是祖孙辈的人了。那样做是有悖于伦理的，所以他一直不往那方面想。他是很喜欢她，但他的想法是自己没有女儿，就想让她做自己的干女儿。而且通过这么长时间的接触，他觉得这姑娘诚实稳重，心地善良，虽然年轻，但心很细，对一些事情想得很周到，很会关心人，而且她能够吃苦，又很勤快。基于这些，他甚至有把自己的晚年托付给她的想法。但今天这姑娘的话让他有点不好应对。如果把她的话直接驳回去，怕她一时接受不了。更让他害怕的是不仅做不成干女儿，就连目前的这种交往也给中断了，哪怕就是较之前冷淡了也不好。他想了想，还是暂时回避了这个问题为好。于是他半开玩笑地说："哪能呢。你对我那么好，我哪有不正视你呢，我哪敢呢。"

他没等郝俊秀说话接着又说："今天不要往远扯了。你赶紧把买房子的事跟家里商量一下，尽快定下来。听说剩下的房子没几套了。这应该是你眼下需要重点考虑的问题。"

郝俊秀看出他在回避问题，但也不想进一步追问，更不想在他还不想考虑这个问题的时候就直截了当地向他提出来，怕弄巧成拙。她还在想，我一旦直截了当地提出来，若能实现了自己的愿望，那是求之不得的，如果落空了，不仅愿望实现不了，怕连目前这种密切来往的状况也无法维持。于是她看了一眼高强，笑了笑说："好吧。"

郝俊秀回到宿舍就给她哥打电话说了买房的事。高俊峰听后有点喜出望外，急忙答道："如果能成就太好了。是高总这么跟你说的？"

"嗯。"

高俊峰说："他为什么对你这么好呢？妈妈以前就产生过疑问。你们到底是什么关系？"

郝俊秀说："我们什么事也没有，这人很规矩。他想让我做他的干女儿呢。"

高俊峰说："哦。买房的事得跟妈妈说一说哇。"

"我明天跟她说吧。或者我干脆请假回去跟她好好说一说。哥，你是不是也回去一下，咱们一起商量商量。要打算在临海买房，那就是彻底离开那儿了，得把老家的家产都卖了。"

郝俊峰说："你觉得买房的事能实现吗？"

"应该没问题。高总这人很体贴下属，对他的员工很照顾。惠民公司的员工没有没房的，都是享受很优惠的政策买的房。他说话一言九鼎，没有不算数的。"

郝俊峰说："好。那咱们明天一起回家。"

郝俊秀兄妹俩回去把买房的事跟母亲说了，她们母亲并没有高兴起来，迟疑了好半天，愁眉苦脸地说："我哪儿也不去。"

郝俊秀兄妹感到很奇怪。以前说起在临海买房，把她接去一起住，她也没反对呀。这眼看有希望了，反倒不想去了。这到底是为什么呢？她一个人孤苦伶仃的，身体又不好，一个人住在这儿总不是个长远之计呀。

郝俊峰说："以前咱们提到这件事情你也没反对，现在怎么又不想去呢？"

郝俊秀也说："是呀。买房的事眼看就能成了，要不我和我哥一起回来和你商量呢。你怎么又不愿意去了呢？"

两个人问了半天，她妈连一句话也没说，只是愁眉苦脸地在那里坐着。

待了一会儿郝俊峰出去了，郝俊秀坐到母亲身旁又问道："妈，你是怎想的？"

母亲还是在那里若有所思的不说话，心里似乎是藏着一些不好说出口的话。等了一会儿，郝俊秀又抱往母亲的胳膊撒娇地催问道："妈，你有什么想法，说给我听听嘛。"

在郝俊秀的软磨柔劝下，母亲开口了，"哪有那么好的事情呢？真是天上掉馅饼啦。为什么好事就都让你碰上了呢？你的住院费让你们高总出了，我就有点纳闷。后来我住院又是人家给打的钱。这又让你优惠买房，首付款不够还可以给你贷款。闺女，这高总可对你太好了。你们到底好到什么程度了？咱们可是本分人家呀。"

郝俊秀说："妈，我听明白了。你是在担心我走错路啊。你的担心是对的。我住院动手术高总付费后我和你有同感。出院后我就和他说了，我想给他打借条，准备将来还他。他说不着急，以后再说。通过后来的接触，我觉得高总是个好人，是个正直的人，是个很规矩的正人君子。你可能在怀疑，一个男人为什么对你个小姑娘这么好呢。我今天告诉你他的想法，他是想让我做他的干女儿呢。他向我提过好几次，我都没答应。他只有一个儿子，一直想要个女儿没要上。这就瞅准我了。"

母亲很不放心地说："要长点心眼，以认干女儿为幌子做坏事的大有人在。"

“是。但我看高总不是那种人。平时他和女人们都能保持一定的距离。正因为我对他有了这样一个认识，才敢于接受他的一些帮助。妈，你对他给咱们的帮助产生疑虑是可以理解的。但你一定不要怀疑你女儿的做人准则。你女儿至今仍是黄花闺女，不会败坏了咱们家的门风。”

郝俊秀说着说着心里感到有点委屈，眼睛里不由得涌出了泪水。

母亲看到女儿这样，眼中也擒了一汪泪水，一把将女儿抱在怀里说：“妈错怪你了。妈相信你。”

过了一会儿，郝俊峰回来，看到母亲脸上有了笑容，估计事情可能有了转机，但他还是顺着母亲刚才说的话说道：“妈，你要是哪儿也不想去，只好我回来了，要不就是俊秀回来，反正得有一个人回来陪你呀。”

母亲笑着说：“你们俩都回来吧。”

郝俊秀说：“妈同意啦。”

郝俊峰说：“刚才我到队长家，和他谈了谈想把咱们家搬到城里去的事儿。我说我妈现在还没同意呢，如果到时候她同意了，真能搬成，咱们家的土地转让和牛羊家产变卖的事希望他帮着办一下。队长说：‘行啊。这老太太，儿女们让你到城里享清福去，还有啥考虑的呢。要是我，不用考虑，立马同意。’”

母亲看了郝俊峰一眼说：“你们走吧，要是行的话，把要买的房子定下来。这儿的土地家产处理的事我和队里说吧。”

郝俊秀兄妹俩回到临海后就去找高强，告诉了他，她母亲同意来临海。接着他们去看房，最后选准了一套九十六平方米的房子，很快就开始了简单装修。不到两个月就一切就绪，可以入住了。这一切都是按照高强的安排进行的，所有费用几乎全是高强资助的。

不到半年郝俊秀的家就从农村搬到了城里。郝妈妈像是生活在云里雾里似的，简直就像做梦一样。她心中在想，我们家怎就能碰上这么好的事。她不止一次对女儿说："这得好好谢谢你们高总。"

搬完家的第三天晚上，郝俊秀去高强家了。

高强问："安顿好了？"

郝俊秀说："可以啦。"说着她就去接洗脚水。

高强说："今天不要洗了。你这几天又上班又收拾家的，太累了。"

郝俊秀说："没事。"说着就把洗脚水放到了高强跟前，边洗边说："你就是我们家的大恩人。我妈说了多次让好好谢谢你。我不知道该怎么谢。"

没等郝俊秀把话说完，高强就说道："你这就是谢了。你能经常来看我这个孤老头子我就感激不尽了。何况你还经常给我按摩、洗脚，我真不知道是修下几辈子的福了。这几年我一直在想，现在恐怕没有几个人，包括那些很有钱的人，能像我这样享受生活了。我几次提出让你做我的干女儿，其实你答应不答应都无所谓。那只不过是一个口头上认可的问题。实际上在我心里你早已是我的干女儿了。何止是干女儿呢。你对我的照顾、孝顺，就是亲女儿也做不到。你对我的这份恩情是无法用数字来计算的，是怎么补报也补报不完的。你说究竟是谁应该谢谁？”

郝俊秀说：“你也该谢我，我也该谢你，两好合一好嘛。言归正传，我们搬家啦，既是谢你，也是贺乔迁之喜，想请你吃顿饭，你看是在家里呀还是到外面饭馆呀？”

高强说：“那还是在家里吧。”

这个星期天是约定到郝俊秀家吃饭的日子。他起来的比较早。漱洗完后到附近饭馆吃了早点，就漫步到了他常去的怡然湖公园。这天天气晴朗，有一丝微风，屈指可数的几片白云点缀在蔚蓝色的天空中。漫步在湖边，欣赏着湖水、山石、花草、树木，呼吸着新鲜空气，颇感神清气爽，精力充沛，顿觉自己还不老。平时他只绕湖走五圈，今天走了八圈。

回家后他沏了一杯铁观音就读起书来。他是学建筑的，但颇爱历史，爱看历史演义。而且他是有计划地阅读，从《封神演义》开始，秦汉、三国、隋唐、宋元明清，一直到民国的演义，一个挨着一个已经全都看过了，之后就是翻回去挑拣着看。今天他看的是隋唐演义。正在看的热闹的时候电话响了。他一看是郝俊秀来的电话，看了一下表，已经十一点十五分了，忙说：“是催我吧？我马上去。”

高强放下电话就出发了。

招待高强对郝俊秀一家来说是一件很不寻常的事情。她们家在农村是属于下中等水平的人家，社会关系很一般，都是些农民亲戚，从没宴请过像高强这样的人。再加上高强又是帮助她们家鸟枪换炮，使生活水平一步登天的恩人，所以全家对这次宴请都很重视，关于吃什么计划了好些天。这天，母女俩都下厨了。虽然没有什么山珍海味，但是每一道菜都是竭尽全力用心烹调出来的。

开席后，郝俊秀看了看母亲，意思是让母亲先说几句。母亲端起酒杯又放下，回过头来看了看儿子，又看向了女儿说："快你说哇。"

郝俊秀没有推辞，端起酒杯说："可能是机缘，认识了高总。高总对我、对我们家帮助很大。我们全家人都十分感激高总。对于高总的帮助，我妈很是过意不去，多次说过要表示一下谢意。今天请高总来我家吃顿便饭。我们家没好东西，我们也不会做，粗茶淡饭不成敬意。高总我敬你。"

高强端起酒杯说："谢谢款待。"说后一饮而尽。

吃了几口菜后，郝俊峰端起酒杯站起来说："我妹妹住院动手术，高总给付了医药费。我妈住院的全部费用又是高总给付的。您这又帮助我们买房，让我们搬到城里来。我作为长子，对家、对母亲没做到这些，十分惭愧。对于高总这样的大恩人，我不知道该用什么话来表示我的感激之情。高总，我敬您一杯。"

喝完这杯酒后他又说："人们都说，话都在酒里啦。我觉得这酒根本不足以表达我的谢意，请容后报答。"

高强说："言重啦。人跟人相处，不要用你多我少去计较。"

郝妈妈心事重重地坐在那里，既没喝酒，也未吃菜。儿子敬完高总酒后她慢言慢语地说道："我这些天就像在做梦一般。我们这样的人家，怎么能够搬到城里来住上楼房。我们和高总一不沾亲，二不带故。人家怎就能这么帮你（她看向了郝俊秀），怎就能这么帮咱家。这真是天上掉馅饼了。天上掉馅饼是没有的事，可我们这是真的得到了，是实实在在得到了比馅饼还贵重千万倍的实惠。我们能搬到这里来，全靠高总。我不会喝酒，不端酒杯了。今天高总来了，儿子、女儿都在，我只想把我这些天翻来覆去盘算的事在这儿说出来。"

高强从这一席话听出了她的心结，觉得郝俊秀一家是本分人家，觉得郝妈妈是一个传统的、很注意门风的农村妇女，对于她产生上述想法一点也不奇怪。他还设身处地地想，如果我在她这个位置也会这么想的。但他又想，如果把自己的真实想法说出来，不是在跟她夺爱吗？会不会惹得她不高兴呢？但他又一想，做人要坦坦荡荡，你怎么想的就应该把真实想法告诉人家，不应该有丝毫隐瞒，即使是彻底没戏了，也应该和盘托出。于是他说："我对郝俊秀、对你们家的帮助，不是单方面的，是相互的。我现在是只身一人，儿子常年在成都。小郝从我去她那里理发认识以后，对我一直很关照。特别是有一次我生病了住院，儿子回不来，她一直陪在我身边，端饭、倒水，扶我起卧，很辛苦，一直照顾到我出院。我出院回家后，她依然经常来看我，我很感动。从她这一系列的表现，我看出小郝是个好姑娘，于是就产生了一个自私的念头，想认她做我的干女儿。我有一个儿子，一直想要一个姑娘，但没能如愿。这就是我帮助她和帮助你们家的缘由。”

这时，他着意看了看郝妈妈又说：“我想我这不会是和你夺爱吧。她现在还没答应我呢。即使她答应做我的干女儿，我相信小郝也不会消减对你这母亲的疼爱的。”

听了高强很诚恳的诉说，郝妈妈的心落到肚子里了，脸上露出了笑容。她一直担心的是，怕人们深恶痛绝的伤风败俗的事情发生在自己姑娘身上。这时她心里在想，没有那种伤风败俗的事，想认干女儿，那就看女儿自己的想法了。从高总这个人来看，是个实在人。他虽然很富有，但没有什么架子，很平易近人。她要是同意也倒没有什么不可以的。这时她才夹了开席以来的第一筷子菜说：“高总，吃菜。”

她接着说：“高总想认俊秀做干女儿，这主要看她了。任何一个家庭都是想儿女双全，没儿子的盼儿子，没女儿的盼女儿。对于上了岁数的父母来说，好像女儿显得更重要。所以，高总想认干女儿的事我能理解。俊秀要是同意，我不怕她不亲我。”

郝俊秀使劲看了母亲一眼。

高强看听了郝俊秀母亲的表态后说：“想认小郝做我的干

女儿是我的一厢情愿。我提了几次，小郝都没答应。不过她现在对我已经不亚于一个干女儿对待一个干爸爸了。我也已经把她当成我的干女儿了。至于她何时答应，我会耐心等待的。不答应也没关系，我会自始至终充分尊重她个人意愿的。”

吃完饭，高总走了，郝俊峰也回去了。

郝俊秀和妈妈心里很高兴，很长时间盘算的一件很要紧的事终于还算圆满地解决。睡下后母女俩聊了好长时间。郝妈妈还是想不到她们家突然就有了这么大的变化，心中的喜悦实在是无法言表。她知道这一切都是姑娘带来的。起初她一直怀疑是不是俊秀做了败坏门风的事，所以她是在十分不情愿的情况下接受高总对她们家的那些施舍。高总的所有作为都是在帮助人，而且解决了她们家遇到的多个很大的困难。然而她却是一肚子的狐疑甚至是不高兴。通过对女儿的深入探寻和这次吃饭跟高总的交谈，她觉得女儿走的路是正的，而且觉得女儿长大了，懂事了，会跟人来往了，能够通过跟人的以诚相待，得到别人对她的关爱。这可能就是好人有好报吧。她这时实实在在觉得女儿已经可以依靠了。所以她十分疼爱地伸手把女儿搂了过来，很动情地说：“看来高总是个好人，记得今后要好好补报人家。人家想认你做干女儿，你自己要是同意认，我没意见。你自己定。”

接着她问道：“你觉得他这个人怎么样？”

郝俊秀说：“挺好呀。”

母亲又说：“你如果也觉得他人不错，好相处，做他的干女儿也可以。人家那么帮助咱。”

郝俊秀说：“我考虑考虑吧。”

接下来母亲又说：“咱们家搬到城里了，你的工作也调到高总他们公司了，也稳定了。你现在也不小了，你的个人问题也该解决了吧？我现在身体也不怎么好，要说我不放心，这才是我最不放心的一个问题呢。”

郝俊秀说：“有什么不放心的呢？我才多大呀？”

“多大？二十好几啦，该到解决个人问题的时候了。女孩子岁数大了不好找。”

郝俊秀说：“你放心吧。不早啦，睡吧。”

过了两天，郝俊秀到高强办公室说：“刘浩东和买房户的官司有结果啦。”说着她就把法院判决书的复印件递给了高强。

高强边接边问：“总的是什么意思？”

郝俊秀说：“几个判决基本一样：买房户是合理取得。”高强拿过来一看，果然是如此。判决书不仅明确了买房户是合理取得。同时，为了避免前后判决的矛盾，还提到了刘浩东和惠民公司的购楼合同应按照付多少款给多少房的约定办理。

高强长出了一口气，如释重负地说：“如果是这样的话，问题就比较简单了。过去买房户欠的购房款了，因为有法律纠纷拖着不给，现在得给咱们了。至于刘浩东那儿，按照付多少款给多少房的精神，我们剩下的房子足够抵得上他付的款。如果他嫌楼层不理想的话，可以在价钱上再适当低一点。这样这个问题就彻底解决了,我们公司就再没有让人不放心的事情了。”

郝俊秀说：“是啊，这个判决比较公正、合理，是个彻底解决问题的判决。不像对刘浩东和惠民公司那个官司的判决，不仅问题没有解决，反而还引来了好多个官司。”

接下来郝俊秀又问道：“高总，你还准备再揽工程了？”

高强说：“我这么大岁数了，还搞到什么时候呀？”

郝俊秀说：“不搞是对的，该适当清闲一点啦。高总，我有个建议，如果不再揽工程，咱们公司的人员应该精减一下。现在是三十多个人，按照目前公司的工作量，十个也用不了。”

高强说：“你说的对。不过这些人都是公司多年的骨干，我不忍心解雇他们。”

郝俊秀说：“你这心是好心，我能理解。可你能管他们一辈子吗？在这儿，他们工资拿的不少，养尊处优，别的心都不去操。要是放他们出去，也许有的人比在这儿还干得好呢。如果你不忍心的话，在走的时候，可以多给他们一些钱。”

高强听后对来公司不久的郝俊秀十分佩服。以前他只觉得她诚实、厚道、热心、能吃苦，现在觉得对她认识得还远远不够。她来公司上班的时间很短，提出的问题很有见地，很有分量，很值得考虑。她今天提的问题完全是从公司的利益考虑的，思路挺清晰，同时还想到了操作方法，年纪轻轻的，难能可贵。他今天看到了法院的那个判决后心里本就很高兴，听了郝俊秀刚才的建议，心中更是洋溢出无法掩饰的喜悦。于是他对郝俊秀的建议大加赞赏道："你这个建议很好，可行，就按你的思路做，过几天就开始操作。"

自从在临海安家后，郝俊秀晚上出去不如一个人住的时候方便了。出去时总得跟母亲说一声。这样就给她到高强那儿带来了很大的不便。她心中很感不悦。她在想，自己一个人的时候想什么时候去就什么时候去，可以说下班后的大部分时间基本上都是在高总家度过的。自己很乐意去，他也愿意让自己去。去了，对于他这样一个孤孤单单的老人来说会是一个很好的慰藉。可现在倒好，人家帮我们买了房，搬到城里，住上了楼房，反倒去的少了，让他一个人孤孤单单地独守那空空荡荡的大房子。想到这里，她觉得很不是滋味。

一天，她跟母亲说："咱们搬到这里后，我到高总那里比以前少了。高总会不会有什么想法？"

郝妈妈说："你为什么要少呢？"

郝俊秀说："我出去的多了，怕你说我呢。"

郝妈妈说："女孩子家，没什么事晚上就是应该少出去。"

郝俊秀说："我也是这么想的。可你说高总会怎么想呢？我虽没答应做他的干女儿，可他已经把我当成他的干女儿了。他现在说不定已经对我有所依赖了。我这去的比以前少了，他会觉得孤单，会有想法的。特别是人家帮咱们搬来了临海，到头来反倒造成了他比以前更孤单。这不应该呀。你不是也说可以考虑做他的干女儿吗？做不做干女儿，总不能比以前去的少吧。我这两天针对这个问题想了很多。妈，你说我究竟该如何做比较好？”

母亲似乎有点不情愿地说：“那你还是去吧，不要叫他有了什么别的想法，做人要知恩图报，不能忘恩负义。你我的两次病，全是人家给垫的医疗费，人家又帮你调了工作。这买房，要不是人家，咱们下一辈子也买不起，往城里搬，只能是想想罢了。”

接着她又不放心地问道：“他只是想让你做干女儿，没有别的流露吧？”

郝俊秀说：“没有。这人很正派。他是很喜欢我，但一直把我当晚辈看。从我们接触以来，他没有一丝一毫别的流露，所以我对他很敬佩。”

母亲说：“这人我看着也不错。那你就满足了他的要求，做他的干女儿吧。”

郝俊秀说：“再说吧。”

母亲说：“做不做他的干女儿，我不管你。你该去还是要去，不要考虑我。你去哪我今后也不会多问。你也这么大了，懂事了，你出去总有你出去的理由。妈相信你。”

有了和妈妈的这次谈话，郝俊秀去高强家的次数又多了起来，而且给高强洗脚、按摩更加用心。高强对她的举动很过意不去。有一次他说：“这些今后免了吧，你现在不是理发店的人了，是惠民公司的员工了。哪有员工总给老总洗脚、按摩的呢。

时间久了，让人知道了会说闲话的。”

郝俊秀开玩笑说：“员工怎么了，我想员工守则上没有这么一条吧。我就是当了惠民公司的总经理也不想停止做这些。”

高强觉得她这是在尽一个干闺女的孝心呢，也可能是对自己帮助她们的感恩回馈，也就不去多想了，只管尽情地享受这从天而降的、想都想不到的天伦之乐。这时他甚至在想：“这姑娘真比我儿子对我还好。我这是哪辈子修来的福呀。”

后来的按摩，郝俊秀不仅细心、认真，而且还很随意地增加了一些过去没有过的让人很舒服的“按摩”。她的用意是让高强对她动心。而高强呢，还和以前一样。郝俊秀看到高强没反应，心中很着急。她在想，高强对她好，不少人都看到了。我和他走得近，人们也迟早会发现的。等到满城风雨了，就不好收拾了，人言可畏。到时候谁知道人们会怎么议论呢。我跟他的关系如果挑明了，人们也会有议论，但那只是年龄悬殊的议论，这个我不怕。如果是其他各种非议出来就不好办了。首先我妈就会受不了。再说，我跟他的关系若不挑明，我妈一直催我找对象，我还能拖多久呢？她还在想，在找对象结婚上人们对年龄都很在意，我怎么就不在乎呢？也可能是先入为主，因为我碰到的让我喜欢的第一个人就是年龄大的人。或者是因为他对我太好了，所以使我对其他人就不去考虑了，一门心思的就想对他好。

有一天，郝俊秀在给高强洗脚时说：“我妈好几次催我找对象呢。”

高强说：“是到了该考虑的时候了，该找了。”

郝俊秀说：“我找了对象，结了婚，到你这儿的机会就会少多了。到时候你不怕寂寞？”

高强长叹了一声说：“唉！寂寞也没办法。女儿是爸妈的小棉袄。哪一个女儿出嫁，爸妈都舍不得，都会很难受的。这就叫忍痛割爱啊。任何一个父母都不能不考虑女儿的幸福呀。为了女儿的幸福，爸妈一时的难受是值得的。”

郝俊秀说：“我想让我这个小棉袄一直不离你身，你愿意吗？”

高强说：“尽说胡话，哪有女儿不离开爸妈的。”

郝俊秀说：“我觉得和你在一起挺幸福的，我就想和你在一起。”

高强丝毫不怀疑郝俊秀对他的感情，他也听出了她的弦外之音，但他不想从那方面想，觉得不可能，不现实，也不应该。他认为他们之间保持的始终应该是比较亲密的父女关系。她虽有那种想法，他也想把她拉回到父女关系上来，但又不想对她刺激太大。所以他立即表示赞同地说：“你想跟我在一起，太好了。你对我好，我早已深深感觉到了。你不仅对我个人照顾得好，对公司、对咱们的事业你都考虑得很细致，很周全，很到位。你这个干女儿已经成为我难得的左膀右臂了，离开你会是公司的重大损失。”

接着他还很风趣地调侃道："在这儿我真要表扬一下我自己啦，在你身上我完全可以称得上是慧眼识英才了。到了花甲之年能够十分幸运地碰上你这么个干女儿，真是我前辈子修来的福。我说一句真心话，你比我儿子对我还要好很多。"

他上面那些赞美的话没有让郝俊秀感到丝毫高兴。她在想，我的话说得够明确的了，他为什么总是回避关键问题而言其他呢？是对我不感兴趣，还是始终就把我当作他的干女儿呢？

稍停顿了一下，郝俊秀虽然还是很柔和但是以比较认真的语气说："我说过我不想做你的干女儿，我从来都不是你的干女儿，以后也不会做你的干女儿。"

高强听出了她话中的用意，也感觉到她对自己那急切的表白了，但他以一种近乎死皮赖脸的态度，仍然按照自己的思路说："你承认不承认都没关系，反正我承认你是我的干女儿。在实际生活中，你早已负起了一个女儿对父亲的职责了。"

郝俊秀说："你这样一个思维敏捷的人，不会听不懂我说的话的意思。你是在装糊涂。至于你为什么装糊涂，可能有两个方面的原因，一是你不喜欢我，又不想直截了当地拒绝；二是过于考虑传统和惯性思维，觉得我们年龄悬殊，有悖于常理。我不知道你是基于哪一点装糊涂。"

高强听后有点为难。他早已知道了她的这个想法。他本想只认她做干闺女，让她慢慢改变自己的想法。如果一时不能奏效，可以放长时间。随着时间的推移，她要是能碰上个合适的人，找个对象，她的这种想法就可以改变了。现在看来是事与愿违了。这不，她今天把问题直截了当地提到了我的面前。我不想面对也不行了。

他想了一想，语重心长地说："俊秀，你的想法不现实。我是快成你爷爷辈的人了。从古到今，岁数这么悬殊往一起走的不能说没有，但是很少，是凤毛麟角。我们要是走到一起，首先，议论、绯闻会像狂风暴雨铺天盖地地袭来。其次，你母亲、你哥哥和你们的亲戚能接受吗？再说，你比我儿子、儿媳都小很多，他们会是个什么反应呢？都不得而知。拿你来说，二十来岁，要长相有长相，要身段有身段，聪明伶俐，性格又好，随便找一个都是不错的。还有，找一个人成家是要过一辈子的，不能光顾眼前。我比你大那么多，我肯定会比你早走。到时候留下你一个人怎么办？"

郝俊秀不假思索地说："你说的都不错，我都考虑过了。我想要听的就是一句话。你喜不喜欢我？我能不能配得上你？"

郝俊秀的话咄咄逼人。高强十分为难。他接下来说："我喜不喜欢你，我想你也能感觉出来。但是我对你的喜欢，一直秉持的是父亲对女儿的喜欢，是长辈对晚辈的关爱。"

郝俊秀说："可我对你产生的却不是女儿对父亲的爱，是一个女人对一个男人的深深的爱。我的这份爱是从开始的敬重发展成敬爱，而后发展到想和你在一起，想对你托付终身。起初，你到我那里去理发，我只把你当作一个普通的理发者。理了多次之后，你变成了我的老顾客。那时我对你的看法充其量也只能说你是个好人。我那次肚子疼，你及时送我到医院，查出是阑尾炎，你帮着找大夫给我做了手术，并且还细心地关照、陪护我直至出院，而且还代我支付了全部住院费。从那以后我就萌动了爱你之心。加上后来你给我和我们家办的那一件件、一桩桩事情，使我对你的爱在步步加深。直至最后在我的脑子里就形成了一个死心塌地要跟你过一辈子的决心。”

高强关切地宽慰道：“这是个大事，咱们都再好好想想。今天不早了，你该回去了。”

“好。”郝俊秀应道。

郝俊秀给高强出了个难题。高强躺下后好长时间没有睡着。他想了好多好多。这种事怎么会降临到我头上呢？我一个农村穷苦人家出生的孩子，凭着自己的奋斗，摸爬滚打，现在总还算是活出个人样了。可在奋斗过程中，我给自己定下的总宗是努力学习，好好做人，邪门歪道不沾。所以从小我的人生道路就走得异常的小心谨慎。中学、大学别人谈恋爱我不谈。也有女同学喜欢我，都被我婉言谢绝了。一不留神我就成了大龄青年了。在参加工作后的第三个年头碰上了胡巧凤，谈了不长时间就结婚了。也许是互相了解得不够，婚后有些不太融洽，但我觉得婚姻不是生活的全部。既然已经成家了，也许是命该如此，我认了，没有过别的想法。没想到，她又过早地离我而去，留下我孤苦伶仃的一个人。我六十好几的人了，不知怎么突然就冒出个郝俊秀来，还明确表示想和我在一起，想成为我的伴侣。一个二十来岁如花似玉的黄花闺女怎么会看上我这六十多岁的糟老头子呢。我这是烧了几辈子的香啊，怎么能够修来这么大的艳福呢？真不敢想能有这样的事降临到自己头上。

他又一想，这事不能高兴得太早了。意想不到的好事冒出来的时候往往会让人鬼迷心窍的。这件事一定要稳而又稳，慎之又慎，不能光从自己方面想，绝对不可以太自私了。一定要替对方多想想，不能让一个纯真无瑕、山花烂漫的姑娘葬送在你这老头子身上。她说愿意和你在一起，很可能是年轻人的一时冲动，也可能是由感恩思想驱使所至。她在说这句话时恐怕对许多问题都想不周全。比如我走了留下她怎么办？如果走到一起，二十来岁的小姑娘能承受得住来自四面八方的流言蜚语吗？岁数如此悬殊，兴趣爱好肯定会不一样，时间长了很可能会产生一些矛盾。还有我一个六十多岁的人了，能满足人家的生理需求吗？她要是和我在一起了，很可能不会有小孩了，这对她来说会是一个不完美的人生。这些都应该认真地告诉她，婚姻大事不是儿戏，不能太盲目了。

他还进一步想，我们虽然所说过很多对老少夫妻，但是没听说过年龄相差这么大的。她跟我相差四十二岁，这样的年龄悬殊，真成了旷世奇恋啦！

我几次提出认她做干女儿，她都不答应。可她对我的照顾越来越好。看来，她的这个主意很早就有了。可以看出她是实心实意的。但这件事不太可行，还是要设法加以制止。从她目前的情况来看，要打消她的这个想法，需要从关心她的角度出发，循循善诱，给她讲道理，不能操之过急。

郝俊秀回去后也是翻来覆去睡不着。她坚信高强是喜欢她的。她仔细琢磨，他的顾虑主要有两点：一是世俗观念在作祟；二是关心我。他不是不愿意接受我这个人。至于周围的舆论肯定会有，我不怕。关于谁先走的问题，人的生老病死，那可说不定。他是比我大一些，但我看他身体挺好，吃饭、睡觉一点也不亚于年轻人，思路清晰，精力充沛。他很担心他走了留下我怎么办？那要是我先走了留下他怎么办，人活在世上，什么问题都可能遇到。遇到了就正确地面对吧，车到山前必有路。再说，真正的爱情和在真正的爱情基础上形成的婚姻应该是无私的，这里只有付出和奉献，不求回报，也不该去计较得失。需要我慎重考虑的倒是如何让我妈能够想得通。别人的话我都可以当作耳旁风，唯独我妈要是想不通可不能不管不顾。她岁数大了，身体又不怎么好。要是因为这事闹出个不好来那可就麻烦了。这我可得下点功夫好好和她说。我想，她是疼我的，对我好的事她一定能够想通的。因为不管她怎么想，最终还是会考虑我的幸福的。她会为我好的。再说高强这个人她也不能说人家不好。给我和她出钱治病，帮我安排了工作，帮我们买了房，让我们从农村搬到城里来。这些她都是看在眼里的，而且也是她整天念念不忘的。她对他没有坏印象，认为他是个好人。

我之所以下决心要跟他在一起，还因为他为我们所做的这一切，没有什么歪主意，没有一点非分之想，就是想认我做干女儿。他并不是想通过为我们做好事来赢得我的欢心。如果他有什么非分之想，在我们的接触中，有许多可以表露的机会，他没有丝毫流露，没有一点图谋不轨的迹象。这些都有力地证明他是一个正直的人，高尚的人，是个正人君子，是个踏实、可靠、有良好道德品质的人，是个可信赖的、可以托付终身的人。就是我向他挑明了这事后，他还是像长辈关心晚辈那样，从关心我的角度出发，语重心长地开导我、劝慰我。我想他不是不喜欢我。他是怕我们两个人结合会给我带来不必要的烦恼，怕我会不幸福。这一切都是从为我好出发考虑的。现在我首要的任务是攻下他，说通他以后再去告知和说服我妈。

惠民公司按照郝俊秀的建议，精减了二十多人，现在只剩下了五个人。会计、出纳、司机、高强和郝俊秀。郝俊秀是秘书，除了那三个人的本职工作外，公司的其他具体工作都由郝俊秀来管。她很感激高总对她的帮助和信任。所以她工作很积极，很主动。工作头绪虽然很多，但她料理得井井有条。高强对她的工作很满意。

有一次，郝俊秀到他办公室汇报向灾区捐助的事情。在商量完具体做法后高强突然说："你干了这么多工作，该提你为办公室主任了。"

郝俊秀说："我来的时间不长，就这么干吧，主任不主任无所谓，工作多干点没什么，哪儿做得不够，你尽管说。你不要因为你想让我做你的干女儿就迁就我。”

高强说：“让你当办公室主任是根据你的德、才、勤几方面全面衡量考虑的。在工作上我不会迁就任何人，我只会通过实际工作去考察一个人，不会因人而异降低衡量标准。我最近还在想一个问题，是让你担任办公室主任呢，还是干脆把惠民宾馆也交给你来管。现在惠民宾馆是个大头，你要是能来，我就更省心了。”

郝俊秀说：“惠民宾馆你现在不是管得挺好吗。”

高强说：“我想进一步悠闲点儿呢，有合适的人选我想当甩手掌柜。通过这一段时间你在公司的工作表现，我觉得我找到合适的人选了。”

郝俊秀说：“一是我不一定干得了；二是我来的时间晚；三是不要你想让我做你的干女儿就任人为亲啊。”

高强说:“你这考虑问题还挺周全，说起话来还一套一套的。你真是初中毕业吗？”

郝俊秀说：“是啊，我就是初中毕业。”

高强说：“你的实际水平可不只是初中。”

停顿了一会儿，他又说：“先把办公室主任的通知发了。至于将来是让你专门管惠民宾馆呢还是把两头都兼管上，下一步再说。反正我是想逐渐退下去，享清福去。”

郝俊秀说：“你这不是在打赶鸭子上架吗？”

高强说："发现你以后，我在想方设法地偷懒呢。"

第二天晚上，郝俊秀又来到高强家。她一进门见到高强就说："不知道你还欢迎不欢迎我来了？"

高强比往常还热情地说："哪能不欢迎呢？"

郝俊秀和往常一样，放下自己的小包就去卫生间打热水。她打来热水说："来洗脚。你虽然已拒我于千里之外，但我还是来给你洗脚了。你不会连脚也不让我洗了吧。"

高强说："我还以为我那么说以后，再也享受不到你给我洗脚了。"

郝俊秀看了一眼高强就开始了。她洗完脚开始按摩，先让高强平躺下按摩头部。

郝俊秀边按边说："我昨天晚上一晚上没睡着。"

"想的怎么样？"

"人的烦恼可能都是从有念想而来的。我今后不找对象了。没有了念想可能就不会烦恼了。"

高强说："人的一生中不可能没有念想，衣食住行、七情六欲都是念想。没有了念想就没有了生活的意义。可以说，人是为念想而生存的。只是看你的念想切合不切合实际。"

郝俊秀说："那你说我的念想切不切合实际？"

高强沉思了片刻说："有点不切合实际。我要是再小上二三十岁，你的想法就切合实际了。"

郝俊秀"唉"了一声说："我这不切实际的想法不可能打消了，

你又不接受我，那我就只好一个人来度过我的一生了。”

这时高强在心中叹咏了无数次的唐朝无名氏的一首诗又浮现在了他的眼前：

“君生我未生，

我生君已老。

君恨我生迟，

我恨君生早。”

这不是我们俩眼下的真实写照吗？唉！生不逢时，年龄悬殊，没办法。在萌生感慨的同时，高强的脑子里在翻江倒海。这么漂亮可人的年轻姑娘这么喜欢你，这是你的福气，是你想都想不到的幸运。人家一心一意地想跟你好，你也并不是不喜欢她，可你却总是把人家拒之门外，于心何忍。你这还像个男人吗？此时，一个男人的本能在他的头脑里占据了上风。凭借着世俗观念在自己思想中修筑起来的那道堤坝几近坍塌。然而，他停了好一会儿，还是按照自己已经形成的旧观念苍白无力地说：“不会的，慢慢的你会从你目前的想法中走出来的。这里最需要的是你要很好地从长远考虑。”

郝俊秀不假思索地说：“想和你在一起就是我仔细、认真地从长远考虑的结果。”

高强无言以对，闭起眼睛来享受郝俊秀给他的按摩。

郝俊秀看到他心神恍惚，说话的底气很不足，想见他的思想斗争也很激烈。由此她进一步看出，他不是不喜欢我，而是囿于旧的世俗观念。看来，这个坎儿还必须由我来先迈了。这时她正在给高强做头部按摩。一用力就和高强的脸离得很近。她近距离地看到高强那眯缝着眼的脸感到特别好看，心中非常喜欢，于是萌生了想亲吻他的念头。她想，这么做也许会成为攻破高强那道防线的一个有效办法。高强现在还是眯缝着眼，是真眯缝还是假眯缝，郝俊秀也不去管他。她在微微地加大力度给他按摩，和他的脸在渐渐靠近，靠近，靠近，猛然间，她在高强的额头上亲了一口。高强一个愣怔，睁开了眼。看到她的脸红红的。他很想说点什么，却又没有开口。他在想，她做出这样的举动是情理之中的事。我若认真地提出异议或明确地加以制止，会使她很难堪的，恐怕她会受不了的。她不是多次说过，我要是不答应，她就一个人过一辈子吗？不能因此给她带来不好的结果。其实他自己对郝俊秀的这一举动在心底里是很乐意接受的，觉得是一种平生从未有过的、让人特别温暖的享受。所以他不想对她这个举动做出不理解或是制止的反应。为了自圆其说，他还为自己这么做找了一个堂而皇之的理由——女儿在爸爸额头上亲一口也没有什么大惊小怪的。于是他在表面上采取了一种不太在意的态度，又闭上眼睛继续享受郝俊秀给他的按摩。

高强这样的反映是郝俊秀意料之中的。

就在高强闭上眼睛不一会儿，郝俊秀又在他额头上亲了一口，亲了后还说：“你讨厌我不？”

高强看到她的脸更加红了，水灵灵的眼睛在很近的距离紧紧地盯着自己。他还没想好怎么回答，又是一口，“你讨厌我不？”

对于这个问题，实事求是地说，高强只能回答：“不讨厌。我怎么会讨厌你呢，我喜欢你，你是知道的。”

郝俊秀听到他那诚实的答话，看到他答话时就像是做错了事的孩子似的那么可爱，接着又连亲了两口，并稍带撒娇地说：“我的想法切不切合实际？”

高强感觉到她是在对自己展开温柔的然而又是胆大的进攻。可是他这时觉得，这一颗颗向他袭来的炮弹并没有使自己感到难受，相反，有一种久违了的欣慰和从未有过的满足感。郝俊秀这时看到了他又按照传统的习惯思维去想，又看到了他很难控制作为一个活生生的、有血有肉的男人在这种情况下产生的极其正常的、强烈的欲望，心中愈来愈动情。她完全停止了按摩，用双手捧住高强的脸，接连不断地亲吻，并连续不断地问道：“我的想法切不切合实际？”

在郝俊秀的大胆攻势面前，高强也越来越兴奋。现在他根本不再考虑她问的问题了，而是在急速地想如何应对眼前的局面，万一控制不住情绪怎么办。郝俊秀现在已经情不自禁了，不住地在高强的脸上亲吻。在郝俊秀这无法克制的、强大的攻势面前，高强再也没有自制能力了。他伸手把郝俊秀的脸捧住，深情地回吻了起来。接着他把她搂上了床，两个人就像决了堤的洪水，肆无忌惮地来了一场酣畅淋漓的亲吻。

过了大约十多分钟，高强忽然觉得还是不妥。他以很强的克制力，缓慢地停止了动作，并把郝俊秀轻轻地放到了床上，以异常缓慢的语调，诚恳地、深沉地说："俊秀，我们不能这样。我失控了，对不起。我让你做我的干闺女，这已经是社会上很少有的、最小的女儿了。其实你做我的孙女也是可以的。咱们不该有这种关系。"

郝俊秀"唉"了一声，把手搭在高强的胸脯上，不紧不慢地说："你说的不错。我们的岁数是很悬殊。也许是我年龄小，经历少，没遇到更好的人。可是，从我懂事到现在，在我遇到的所有人中，不管是年轻的、中年的还是年老的，没有一个让我动心的人。经过我们这么长时间的相处，不知怎么的，我就看上了你。你说我该怎么办？你是不是觉得我岁数小，有这种想法是心血来潮？或者觉得我缺乏鉴别力，识别不了哪个更适合我。你也可能会觉得我是只顾眼前不考虑长远，还可能认为我是出于报恩。我跟你说，这些都不是。我是经过很长时间反复的慎重考虑做出的决定。从我生病到现在三年多了，我是从开始对你的好感，慢慢变成了喜欢，到后来又慢慢变成了爱慕。产生了爱慕后，摆在我面前最重要的问题也是年龄的问题。这个问题困扰了我一年多。在这一年多的时间里，不管我是在干什么，我的脑子里总会不时地冒出这个问题来。至于在闲暇时间看书报、看电视，我大多都是选择这方面的内容。我看到了这样几段话，让我的思想豁然开朗。它给我指明了方向，让我树立了信心，坚定了自己继续向前走的决心。第一段话是“相爱是无条件的。爱情是不受年龄、金钱、宗教、地域、国别等因素限制的。只要相爱就应该冲破来自各个方面的阻力，坚定地、勇敢地往一起走”。第二段话是西方人结婚时都要说的那几句誓词：“无论是顺境还是逆境、富裕或贫穷、健康或疾病、快乐或忧愁，我将永远爱着你、珍惜你，对你忠实，直到永远。”第三段话是东方人结婚时说的誓词：“我们自愿结为夫妻，从今天开始，我们将共同肩负起婚姻赋予我们的责任和义务，上孝父母，下教子女，互敬互爱，互信互勉，互谅互让，相濡以沫，钟爱一生。今后，无论顺境还是逆境，无论富有还是贫穷，无论健康还是疾病，无论青春还是年老，我们都风雨同舟，患难与共，同甘共苦，成为终身的伴侣。”这三段话给了我很大的力量。我想和你在一起的决定是经过很长时间的思想斗争最终确定下来的。这件事情虽然充满了感情色彩，是很容易让人冲动的，但我在这个问题上是很理智的。你说，我的这个想法和行为有错吗？我想是没错的。我想你也不可能认为我这是错，除非你不爱我。”

高强听了郝俊秀这一席合情合理的细诉衷情后很受感动，也很感为难。他觉得郝俊秀说的完全是事实，是她的真情实感。如果自己拒绝了她，是对她的伤害。可如果自己接受了她，会让她无端地遭受许多外来的舆论压力。更担心的是，将来的某一天自己走了，怕她过得不幸福。他深表同情地侧过身来，本想用手去搂她，又怕惹得她更不平静，助长了她想和他在一起的想法。所以他没有去搂她。他饱含深情地说："我怎么会不喜欢你呢？（他把爱有意改成了喜欢）说实话，见到你的第一面，你就给了我一个很好的印象。一是你长得俊；二是你很像我年轻时暗恋过的一个女孩。所以我就记住了你理发的地址；三是你细心地照顾我，特别是我病了以后你对我的精心护理，使我感到你是一个很难得的好女孩。所以，我提出让你做我的干女儿。我这个提议就是喜欢的一种表示。"

高强停顿了一会儿又说："如果你和我的年龄不是那么悬殊，我也许会有另外的想法。可你这么小，我再喜欢，也只能是把你当作女儿来喜欢。我这个人也是出生在农村的一个贫苦家庭，自认为还是一个守本分的人。上中学、大学时就有女同学喜欢我，但我一心放在学习上，不为所动。后来我企业搞得不算小，在我们这个地方也算是个有钱人了，也遇到过不止一个喜欢我的人。我一直坚守不乱来的原则，有的婉言谢绝，有的采取装傻的办法来应对。随着时间的推移，这些问题都渐渐淡化了。灯红酒绿的场面我也去过，但不管在什么情况下，我始终洁身自好，不做有悖于伦理道德和党纪国法的事情。我一生只接触过我老伴儿一个女的，没有第二个。你长得漂亮，举止文雅，说话轻柔，待人宽厚，诚实稳重，头脑清晰，思维敏捷，工作主动勤恳，对我的照顾更是周到。我当然是很喜欢你的。我调你来公司，出资给你们买房子，全是出于对干女儿的喜欢和疼爱。"

郝俊秀说："我说了我不做你的干女儿。我所做的一切都是为自己心爱的人做的。你不可能没感觉到。”

高强说：“我感觉到了，但我是想以我的不回应来慢慢淡化你的想法。”

郝俊秀说：“我的这个想法已经根深蒂固了，不可能改变了。我早已决定，你要是不要我，我这一辈子也不再找了。”

高强在心里是很欣赏她这种对爱情的执着，但又想劝慰她不要这么固执，所以把手放到她的身上语重心长地说：“不要做这样的决定。你的人生道路才开始，以后的路还很长。你需要冷静下来好好想一想，可以粗略地规划一下自己的人生。经过通盘细致的琢磨，抛开我，好好想一下自己究竟该找一个什么样的伴侣才是合适的。”

郝俊秀说：“你这么想方设法的、百般的推拒我，可我一点儿也不醒悟，仍然要和你在一起。不知道你想没想过，我作为一个姑娘家遭到你多次的拒绝，是一种什么样的心情。每一次被你拒绝，我都很难堪，很不好意思。我这是在不顾脸面、死磨硬缠地追求你呢。”

高强急忙打断了郝俊秀的话，用手搂了一下她，说：“是我不好，让你为难了。唉！你这么漂亮，这么优秀，如果不是年龄悬殊，我会奋不顾身地追求你的。我这不是推拒，更不想推拒。我是非常希望你在我身边的，要不我要你做我的干女儿呢。我今天也给你坦白一下我的想法。我不止一次地想过，将来你真要找了对象，要离开我，我真不知道怎么去适应呢。从这里你就可以看出我是多么的舍不得你。这可能是天下父母的通病。可是我不能光从自己的角度来想呀，我需要更多地为你将来的幸福着想。所以，我反复权衡利弊，你做我的干女儿最合适，既可以达到我喜欢你、亲近你的目的，又不会给你带来流言蜚语。更主要的是，你可以在我的参谋下选一个年纪相仿的好女婿，让你过上使我和你妈放心的幸福生活。”

郝俊秀从高强的话语中听出了他对她是充满了爱意的，只是囿于多方面的顾虑就止步不前了。她觉得高强的这些顾虑是真实的，是客观存在的，但是他不应该在这些顾虑面前退缩不前。这些顾虑我何尝没有过。我们只要做好迎接和承受的准备，共同面对就行了，哪怕流言蜚语铺天盖地而来，只要不怕它就是了。难道它还能把我们拆散了不成。至于我的幸福，我能找到自己可心的人，这就是我最大的幸福。想到这里，她觉得高强这个人很重感情，很能为他人着想，很可爱。但又觉得他这么长时间总是前怕狼后怕虎的，违背着自己的心意，拒绝自己的要求，有点可气。于是她针对他上面的话说：“唉！不必你那么费心了。我以前说过，你要是不要我，我这一辈子再不嫁人。我这是真话，说到做到。我这既不是赌气，也不是威吓。我只盼你看在我们以前交往的分上今后不要辞退我，不要把我当作路人，不理我。”说到这里她眼里擒满了泪水。

高强很不忍心她这样，十分心疼地将她搂了过来说：“俊秀……”

郝俊秀没有给高强留下说话的机会，泣不成声地继续说："我还有一个很小的愿望，希望你还能让我继续留在你身边，给你端茶倒水，洗脚、按摩。我不敢再有其他奢望了。你要是娶了新的夫人，我会像对你一样的对待你的新夫人的。"

高强听后很动情地在郝俊秀的肩膀上拍了两下，将她更紧地搂了过来，一边给她擦泪一边说："俊秀，别哭了。 在这个问题上我可能是太优柔寡断了。我主要是怕对你不好。我怕啥呢，年过花甲的一老头子，今后的任务就是颐养天年了，没有什么新的追求了，所以也就没有什么可怕的了。你如果真想好了，那咱们就试着往一起走。"

听到这句话，郝俊秀反倒哭的声音更大了。她这时的哭有一点是高强长时间的不答应给她带来的委屈，但更多的是心中最大的期盼终于得到了满足给她带来的激动和喜悦。他们挑明了谈这个问题已经有三个多月了，她觉得好像等了几年甚至几十年了。今天终于盼到他松口了。她压抑在胸中多时的激情犹如决了堤的洪水，汹涌澎湃，一泻千里。她情不自禁地抱着高强吻了起来。高强这时也一改平时的矜持，翻身把郝俊秀压在身下，肆无忌惮地和郝俊秀亲吻着。就这样约莫过了有近半个小时，两个人都已经到了快要把持不住的地步了，高强忽然想到了郝俊秀还是个黄花姑娘，不能这样不管不顾，不能只顾眼前痛决，应该从长计议。他还在想，在完婚前一定要让她保持纯净的女儿身。照这样信马由缰地发展下去，自己会控制不住的。

这时停住虽然很艰难，但他还是理智战胜了感情，强迫自己慢慢地松开了亲吻的嘴，和缓地、温情地说："我们这可是走了一步险棋。"

郝俊秀说："你这前怕狼后怕虎的，你又怕啥啦？"

"没什么可怕的，我是说我们几乎控制不住了。"

郝俊秀脸红红的，没有答话。心里在说，控制不住不是很正常嘛。高强想缓冲一下各自的情绪，找了一个远一点的话题说："我平时看你挺柔和、挺温顺的，我还以为你是一个顺应大势、随波逐流的柔弱女子呢。没想到你对认准的事这么坚决，这么敢于反潮流。"

郝俊秀说："我这全是在你的影响、鼓舞下出现的。你那么好，一个人遇一个好人不容易。我怕过了这村没这店呢，所以就奋不顾身地去争取啦。"

高强说："咱们需要从长计议。眼下一定要严格控制各自的欲望，不到一定时候不要做过线的事。"

郝俊秀说："行，听你的。"

高强说："今天不早啦，不回去不行吧？"

"不回去恐怕不好。"

"那我送你回去。"

第二天，高强叫郝俊秀到他的办公室。郝俊秀进来后，两个人对视了好一会儿，都在试探对方的态度，看是采取办公室的态度呀还是采取卧室的态度。最后还是郝俊秀沉不住气先开口了，“有事？”

看到郝俊秀的沉稳，高强也收住了爱恋燃起的激荡，换成一本正经的态度说：“咱们停止了对外承揽工程后，公司的事情主要就是处理顶账房。经过这一段的工作，该售的售，能租的租，剩下的也不算太多了。这项工作已经步入正轨了。今后我们的工作重心应该转到惠民宾馆的经营上来了。惠民宾馆在临海市还是颇有影响的，经营好了，让它再上一个新台阶，还是可以干出点名堂来的。我想让你去当惠民宾馆的总经理。”

郝俊秀说：“我太嫩了吧。我才工作了几天，水平不高，又没经验，能挑起这么重的担子？”

高强说：“如果我的这个设想不错的话，不是你去干就是我去干。我嘛，真想多腾出点时间来干一点儿我想干的事情。虽不说是马上就想步入颐养天年的行列吧，但总是觉得不能再像以前那么摸爬滚打了。我想从现在起好好享受一下生活了。当然这也得有条件呀。我觉得现在已经具备了这个条件，因为你出现了。我提你担当这个重任不是在任人唯亲，是按照公司的用人标准，根据你的实际表现，让我做出的这个决定。你来公司后在办公室只不过是一个一般职员，而且资历很浅，可是你不仅很好地完成了本职工作，而且只要是公司的事情你都能够不分分内分外，尽自己所能积极主动地去干。特别是你还能够在短短的时间内，站在全局的高度，提出一些很合理的建议来，很难能可贵。我这可能有一点当面夸你了。但这不是我的主要意思，我的主要意思是想说明我提你是有理有据的。”

郝俊秀说：“惠民宾馆的董事长、总经理你都当着，具体工作我去干就是了。而且我会全身心的、不遗余力地干。”

高强说：“不在其位，不谋其政。这是让你挑重担呢，不是让你去当官。我担任董事长，你担任总经理。”

郝俊秀说：“你看着办吧，反正有你呢。”

晚上,郝俊秀来到高强家后,二话没说两个人就抱在了一起。一顿热烈的亲吻后，高强又问道：“你真的想好了？”

郝俊秀问：“你是在怀疑我，还是你又犹豫了？”

高强说：“说我在犹豫，我还真是有点犹豫。我们两个人走到一起，那可真是今古奇观了，周围的人是很难接受的。”

郝俊秀说：“咱们先不管那些周围的人，我就想知道你的真实态度。”

“我的态度，在你的坚持下，现在是明确的。我一个年已花甲的老头子能得到你这么一个既漂亮又聪慧的好姑娘的青睐，那真是我三生有幸，是上天给我的恩赐，我高兴还来不及呢。但是我考虑问题不能光从自己这方面想啊。我之所以犹豫是怕你跟上我将来吃苦受罪。”

郝俊秀说：“这个问题咱们已经谈过无数遍了。那就是说你现在已经没有问题啦？”

“是的。你一点顾虑都没有了？”

“顾虑过去有过，现在没有了。”

“那你怎么跟你妈说呀？”

郝俊秀说：“如实说。”

“她会同意吗？”

“我想她开始会很惊讶，因为她想不到，乍一听到会犹豫，甚至会阻止我。但是，我想通过我耐心地解释，最后她一定会同意的。这里最关键的一个因素是，你为我、为我们家做了那么多好事，我妈她也认为你是个好人。妈妈总是爱自己的女儿的。自己的女儿将自己的终身托付给一个可信赖的好人，哪有不同意之理。”

高强说：“这么说，似乎我过去做的那些事都是为今天做铺垫的。”

郝俊秀说：“我说的不是这个意思。当初你如果有不良动机，我想我的智商再低也能看得出来。如果我发现你有不良动机，我就是病死、难死，也不会接受你的帮助的。”

高强说：“看来你是做好应对一切的思想准备了。”

郝俊秀说：“是的。”

高强说：“有这样的准备是很必要的。对于我们的结合，外界会有许多闲言碎语。我们需要做好充分的准备来共同应对。不是有那么一句话嘛：走自己的路，让别人说去吧。”

郝俊秀说：“就是。人活在这个世界上，追求幸福是共同的目标。只要不犯法，不违背社会道德，就应该坚定地、冲破一切阻力，义无反顾地走下去。”

高强听了，心中非常赞赏她。于是十分喜悦地调侃道："高手在民间，这话一点儿也不假。通过这件事情我看你的有些见解很有水平，有些话不像是你这个年龄的人能够说出来的。"

郝俊秀说："快别瞎夸我了。"

隔了一会儿她又说："不过说实话，社会确实是一个大学校。特别是人遇到难办的问题时会使你在人生道路上向着成熟的方向迈进得更快一些。我产生了喜欢你的想法后，我知道它不太符合常理，不会顺利，心中很痛苦，但又不服气。所以我看了许多有关这方面的知识，得益不少。"

高强说："你真应该继续念书，可惜呀，耽误啦。"

郝俊秀说："再可惜也晚了，咱们不说这个了。我问你，你在这方面还有没有什么阻碍？"

高强说："我这方面没有什么。我儿子亦伟只专心他的科研，不关心企业的事。至于我自己的事，他管不了，也不会管。我不会活到让儿子管老子的地步。我会在适当的时候告诉他们夫妻二人。当然他毕竟是我儿子，将来有财产继承权，我会在你和他之间分割得清清楚楚的。"

郝俊秀说："我们俩估计不会有孩子了。如果有了孩子，你可以适当地给他留一点。如果没有孩子，家产可以全给亦伟，不要考虑我。我想，通过一些年的工作，我养活自己还是没问题的。我不会为家产和亦伟产生丝毫的矛盾。"

高强听后很佩服郝俊秀这个女孩的通情达理，深明大义。

他伸手把她搂过来，在她耳边轻声说："别说这些了，还不到这个的地步呢。"

郝俊秀会意，面带笑容，略带顽皮地看了一眼高强说："不过这是我的真实想法。这些我以前全都是仔细想过的。"

高强越听越觉得郝俊秀可爱，更紧地把她搂过来，情不自禁地吻住了她那鲜嫩的红唇。郝俊秀更是像全身着了火似的热烈地响应着。她翻身压在了高强身上，紧紧地抱住他，不住地狂吻。爱火在两个人的周身熊熊燃烧。然而，高强的思想却在激烈地斗争着。他在想，我这时如果一放话，郝俊秀立刻就会由小姑娘变成一个真正的女人。可是他觉得，和郝俊秀这么个年轻姑娘在婚前行房有点为时过早。一是应该遵从传统习俗，更主要的是想给她留更多的主动权。他在想，她作为一个小姑娘，不一定以后的某个时候忽然醒悟了，觉得和我这个老头子在一起不合适。如果出现了这种情况，她还是清清白白的女儿身，也不会有什么惋惜的。于是他尽力控制住自己的情绪说："我们现在是在备受煎熬啊，但也是在考验我们的意志力。你看，又快十二点了，放你回去舍不得，不放你回去又不行。我们这样下去，时间久了，迟早会越界的，我们是不是需要加快进度，选择适当的时间把婚礼办了。"

郝俊秀说："行。我们分头做一下该做的准备工作。你做你的，我做我的。"

几天后，高强在惠民宾馆召开了一个全体员工大会，宣布郝俊秀担任总经理。宣布后他接着说:“我虽然还担任着董事长,但今后惠民宾馆的工作由郝俊秀全权负责。希望大家能支持她的工作。大家不要看她年轻。通过她在公司这段时间的工作,我看出这个年轻人很有头脑,善于思考,很勤奋,自我要求严格,又能团结人。我相信她能够把宾馆的工作搞好的。”

高强说完后,让郝俊秀讲话。她站起来战战兢兢地说:“我年轻,工作资历很浅,对宾馆的工作一窍不通。今天高总宣布让我来这里工作,这是在赶着鸭子上架呢。不过好在有大家呢。我愿和大家一起把这个担子挑起来,争取把宾馆的工作搞得不要比以前差。”

高强说:“标准太低了吧。”

郝俊秀说:“一步一步来吧。”

这天,郝俊秀下班回家后,妈妈已经做好了饭。吃开饭后郝俊秀兴高采烈地说:“我的工作变动了。”

妈妈问:“变到哪儿去了?”

“让我到惠民宾馆啦。”

“惠民宾馆不如办公室吧。”

郝俊秀笑着说:“让我去当惠民宾馆的总经理了。”

郝妈妈大惊失色,“快别逗我了。”

“真的。高总今天去宣布的。”

“高总对你可真好。你能干得了吗?”

郝俊秀想,在这个时候跟她说我要和高强结婚的事会不会更好。可又一想，正吃饭的呢，怕说出来影响吃饭。于是，她就针对她妈的疑问说："人家的一番好意，硬着头皮试着干吧。"

郝妈妈说："你可得好好干啊，不要对不起人家。"

"嗯，我知道。"

郝妈妈的肾炎经过这半年多的治疗，基本上好了。加上家里好事连连，她的心情也比以前好多了，身体好像也胖了一些，脸上的笑容明显增多。今天听了郝俊秀报告的好消息，她心里更像是乐开了花。她在想，一个常年在温饱线上挣扎的家庭，竟然能够搬到城里来，住上楼房。一个丫头片子本应该是面朝黄土背朝天的农家媳妇，怎么一下子就当上总经理了。这是哪一辈子修下的福。郝家祖祖辈辈都没有出过这样的好事。怎么如今就轮到自己的闺女了呢。我这闺女有靠头，比她哥强。按往常，洗完锅就该歇着了，可她今天还在那里乐呵呵地收拾家。还时不时地问郝俊秀喝水不，还想吃点啥。

郝俊秀说："妈，快别收拾了，不早啦，该睡觉了。"

郝妈妈说："行。妈给你打点热水洗洗脚。"

郝俊秀忙过去夺过郝妈妈手里的洗脚盆，说："不用，我自己来。"

"你坐着，妈给你打。"

郝俊秀为了满足妈妈的心愿，还为了睡下后和她谈自己的婚姻大事，也就由着她去了。

睡下后，郝妈妈情不自禁地、美滋滋地侧过身来搂住郝俊秀。

郝俊秀关了灯后说："妈，跟你再说个事。"

郝妈妈用力搂了一下郝俊秀说："什么事？快说。"

"我找下对象啦。"

"哪儿的？干什么的？"

"妈，我跟你说，但你得同意，不许反对，要不我就不说了。"

"妈同意，不反对。妈相信我闺女的眼力。"

"这可是你说的啊。"

"我说的。你快跟妈说吧！"

"这个人你认得。"

"谁呀？你快点说吧！"郝妈妈着急地催促道。

"是高强。"

"哪个高强？"

"就是帮助咱们看病的惠民公司的高总呀。"

郝妈妈吃惊地说："高总？他比我也大了哇？他怎么能够和你相配呢？你是在瞎说呢吧。"

"妈，我不是瞎说，我是认真的。"

郝妈妈无可奈何地说："不是妈不同意，是你们不合适。婚姻大事，年龄应该相当，你看见过年龄悬殊这么多的夫妻吗？听也没听说过。"

郝俊秀十分为难地说："妈，你可是说过不反对的。"

"俊秀，不是妈反对，是你们这个事太不合情理了。你需要重新认真好好考虑一下。"

“我仔细考虑过了，考虑了好长时间了。考虑的结果就是我们两个人在一起最好。”

“是他追的你？现在有些有钱人就喜欢小姑娘。”

“不是，是我追的他。我追了他好长时间他都不答应。他一直希望我做他的干女儿。直到最近他也只是勉强同意。”

“俊秀，妈问你，他今年多大了？”

“六十五。”

“他比你大四十三岁。他八十岁，你才三十七岁。他要是早走了你怎么办？”

“是有这个问题。按常规来说，他可能会比我先走。但也许人家活一百岁，甚至一百一二十岁呢。世事难料，如果是我先走了，留下他该怎么办？什么可能都会有。”

“妈这么说是怕你受苦，没有别的意思。”

“我知道你是为我好。妈，你觉得他人怎么样？”

“人嘛，倒是不赖，挺实在的，对咱们帮助挺大，对你也挺好。我知道他对咱们的帮助主要是因为有你。所以我以前就问过你，他是不是有什么目的。”

“他对我是挺好的，但他始终没有一点非分之想。他就是想让我做他的干女儿。就从这一点我觉得他是一个本分的人、可靠的人。直到我开始追求他以后，他仍然不为所动。他和你的想法一样，认为我们年龄太悬殊，不合适。他也说他可能比我先走，怕留下我会吃苦。这话他跟我说了无数遍。我觉得他是一个肯为别人着想的人，是个可信赖的人。至于他的才能咱们就不说了。他所赢得的那份家业就足以看出他是一个很能干的人。他对于他的员工很关爱。惠民公司员工的工资、福利待遇都比别的单位高。从这里更可以看出他是一个善良厚道的人。妈，我长了这么大还没喜欢过人，就喜欢了他这么一个。我觉得我喜欢得没错，我将来一定会幸福的。你也承认他挺好。我既然找到了一个爱我的、可信赖的、能给我幸福的人，妈你还有什么不放心的呢？再说了，说之前你就答应过不会反对的。”

郝妈妈亲昵地推开郝俊秀说：“我说不过你，睡吧。”

郝俊秀怕她生气，又顽皮地过去搂住母亲说：“那就算是你同意啦。”

郝妈妈无可奈何地说：“我同意不同意管什么用。这个事儿不是小事，是婚姻大事，是需要你仔细去想的。你要是想好了妈还能不同意吗？咱们还是先不要谈同意不同意的问题。这么大个事，我想见他一面，问问他对这个事究竟是怎么想的，了解一下他的态度。”

郝俊秀说：“可以，咱们定个时间。”

第二天，郝俊秀把跟她母亲谈的情况告诉了高强。高强说：“要不今天晚上咱们就一起吃饭吧。时间可以适当长一点，看她老人家会提些什么问题。我争取给她个满意的答复。”

郝俊秀说：“行吧，你也别高兴得太早了。”

高强说：“我有信心。不过我还是会精心准备，认真应对的。”

这天天气晴朗,天空中没有一丝云彩,已经是下午六点半了,天还十分明亮。郝俊秀坐着车去接母亲。郝妈妈见过高强好多次了。虽说他能不能成为女婿还是问号，但她觉得今天的见面和往次有些不同，所以她略微打扮了一下，显得很精神。

他们吃饭的地方是惠民宾馆的玫瑰厅。高强早已把菜点好。郝俊秀母女进来后高强起立相迎说：“快来，这里请坐。”

关于如何称呼的问题，高强很费了一番脑筋。叫阿姨吧，我比她大，不合适。称妈吧，又觉得为时太早。斟酌再三他就只想出这么六个字来。

三个人落座后，菜很快就端上来了。高强分别给三个人斟了一杯红葡萄酒，然后很自然地端起酒杯说：“今天没外人，咱们边吃边聊。”

郝妈妈喝了一口，放下酒杯说：“我也就不拐弯抹角了。俊秀说你们俩有意往一起走？我想听听你的意见。”

高强说：“现在我们俩是想往一起走呢。最初我根本没有这个想法。我们年龄悬殊，我没有，也不该有这种想法。我想，这是作为一个中国人应该有的认识，也是作为一个人应有的最起码的本分。我是喜欢俊秀的，从一见到她就喜欢上她了，觉得她青春、靓丽、温顺、可爱。通过一段时间的接触，我更感到她灵动、勤快，还善解人意，为人处事都挺好。所以我提出让她做我的干闺女。这应该是我们的一块心病。我爱人怀孕后，我们俩就议论过，希望能生一个女孩，但没能如愿，生下的是个男孩。本来是还想要一个女孩的，结果在生下我们的儿子后不久，她子宫上长了个东西，最后把子宫切除了，不能再生育了。后来我们也曾想过抱一个，结果生活紧迫，又忙于工作，这个愿望就一直未能实现。碰到俊秀后又勾起了我这个早已淡忘了的心事。我向她提出后她没有答应。她口头上不答应，可在行动上比一个女儿对父亲还好。我不管她答应不答应，反正我是把她当作闺女看待了。后来她提出要跟我往一起走。我觉得不合适。我大她那么多，如果我先走了，留下她会受苦。如果她再找，那又是个未知数了，好不好谁都不知道。再说，我们俩年龄悬殊，像我们这样走到一起，也没见有先例呀，周围的人会很难接受的，流言蜚语会扑面而来。她说这些她都想到了，她都不怕。并且她还说，我若不同意，她这一生就不再找对象了。基于这种情况，又经过很长一段时间的思想斗争，我决定不再辜负她的这一片真心，愿意和她往一起走。下了这个决定后我在想，能够和她在一起度过我的晚年生活，这是上天给我的恩赐，是我莫大的幸运。现在我们是想往一起走了，不知道你们家里意下如何？”

郝妈妈听了高强的叙述感到他很实在，能够站在一个岁数大的人的立场上看待这个问题，听不出有占她姑娘便宜之嫌。但她还不想马上回答高强的问话，于是她说：“看这，只顾说了，来，吃点菜。”

高强说：“来，咱们再举一下杯。”

放下酒杯后，郝妈妈又问：“你们家里的人会是个什么态度呢？”

高强说:“我们家里人不多,只有儿子和儿媳。我的事我做主，不会让他们来干涉。他们也不会干涉。他们都在外地，有各自的工作，对企业经营不感兴趣。”

郝妈妈说：“感不感兴趣不重要，将来家产总得留给他们。”

郝俊秀插嘴道：“你问得也太细了吧。”

郝妈妈笑了笑，看了一眼郝俊秀。

高强针对郝妈妈的话说道：“是，是会有这个问题。从我们决定要往一起走以后，我就想，一定要提前把家产给俊秀和我儿子分割清楚，不能留下揪扯不清的问题。”

郝俊秀说：“你想得太远啦。我自己能工作，不管到了什么时候，都不会饿着的。你放心吧。我只想和你这个人结合，对家产没想望过，也绝不会在这方面和任何人产生矛盾。”

高强转向郝俊秀接着说：“你是你的想法，我也会有我的想法。最近我让你去惠民宾馆当总经理就是围绕这个问题采取的一个举措。过一段时间，我想把惠民宾馆百分之四十的股份转给你。你按股分红，名正言顺。”

高强又转向郝妈妈继续说道：“作为一个男人要有担当，要能够负起责任来。我如果和俊秀成家了，她的母亲就是我的母亲。所以您今后的生活就要由我们两个人共同承担起来。我们会力求让您生活得更幸福。”

郝俊秀不想把这个场面搞成你问我答那么呆板严肃，更不想纠缠在这无聊的财产分割的问题上，所以她打趣地说：“这八字才刚刚有了一撇，就开始讨好岳母啦？”

郝妈妈白了郝俊秀一眼笑着说：“你才没羞没臊呢。咋还没咋呢，就岳母长岳母短的。”

郝俊秀说：“是，叫的有点早啦，算预支的。”

高强说：“我这都是真心话。”

郝俊秀觉得双方想谈的话说得已经差不多了，时间也不早了，从交谈情况来看，妈妈的顾虑似乎已经打消了。对于我们俩往一起走好像也认可了。于是她提议：“来，咱们干了这杯吧。干了这杯是不是该吃饭了。”

两个人都附和道：“好，吃饭。来，干杯！”

回家后，郝俊秀问郝妈妈：“妈，怎么样，没问题了吧？”

郝妈妈面带笑容说道：“你既然下定决心了，我也就不管你们了。”

郝俊秀从母亲的态度和说的这句话看出妈妈是同意了。她心中很高兴。加上吃饭时喝了一点酒的作用，她异常兴奋，伸出双手抱住了母亲，在她的脸颊上亲了一口。而后，她心存感激地说：“妈，你所考虑的那些问题都是对的。他比我大那么多，比我早走的可能性是存在的。但我就是喜欢他，能陪他多久就陪多久。只要能陪着他我就觉得幸福。如果出现了那种情况我也认了。”

稍为微停顿了一会儿，她又说：“妈，那我们就想尽快把婚事办了。”

母亲眉开眼笑地在郝俊秀的脸上扭了一下，说：“看把你着急的。”

接着她又说：“办吧。这城里也不知道是怎么个办法。不过根据你们这么个情况，就不要太铺张了。”

郝俊秀应道：“嗯。”

第二天，郝俊秀把母亲同意她俩结婚的事告诉了高强。高强听后，一反平时上班时那种稳重的态度，在办公室就立刻把郝俊秀揽了过来，疯狂地亲吻。约莫一分钟之后才平静下来说：“太好了。那咱们就可以着手操办了。”

郝俊秀问：“你打算怎么操办呢？”

高强说：“我想听听你的意见。你毕竟是第一次出嫁。”

郝俊秀说：“我们这毕竟是一场特殊的婚礼，办得既要有纪念意义，又不要太张扬。我想就请公司和宾馆的员工吃上一顿饭，因为我们首先要在他们面前以夫妻的身份出现。你看你那边的至亲好友有哪些，我这儿没别人，亲戚都在乡下，就不请他们了。在这儿的就是我妈和我哥，把他们叫上就行了。”

高强说：“就这么简单，就算完事啦？”

郝俊秀说：“安顿住了，咱们还可以出去旅游一趟，搞一次旅行结婚。”

“好主意。那咱们就立即着手安排。”

郝俊秀说：“你还没跟你儿子说呢？”

“你不是说旅游吗？好的地方有上海、江浙一线；要不就是广州、深圳、港澳一线；再不就是四川、云贵一线。如果去西南，顺便去跟他们说吧。”

“那不是先斩后奏了吗？”

“无所谓。说是该跟他们说的。但，我的事我不想让他们干预。我想我的儿子也不会干预的。”

郝俊秀说：“那你说是先旅游，还是先请客？”

高强说：“先旅游可以避免先斩后奏之嫌。”

郝俊秀说：“那咱们就先去旅游。我去宾馆时间不长，等上一段时间，我把宾馆的工作理出个头绪来咱们就行动。”

高强说：“我看宾馆工作挺正常，现在离开也没啥问题。”

郝俊秀说：“是正常。但这是你们以前辛勤努力的结果。我现在来了，就要尽快进入角色。最好能够从宾馆面貌上体现出我来的新气象。”

高强说：“好，想法很好，有志气。不过，你也不要急于求成。要想使一项工作有变化，出现一个新的气象，不可能一蹴而就。工作是要努力去干，但也还要悠着点，不要太累了，身体要紧。”

郝俊秀说：“我知道。”

郝俊秀担任了惠民宾馆总经理后，除了全面了解宾馆的情况外，还腾出一些时间到市内好一点的宾馆去学习取经。经过一段时间的学习、实践，她根据惠民宾馆的实际情况，创造性地继承了惠民公司的优良传统，提出了一套新的管理办法。其基本要点：一、价格要合理，服务要规范；二、树立顾客是上帝的思想，尽量满足顾客的合理要求；三、教育和引导员工树立主人翁意识和责任感，要让他们打消做客和雇佣思想。她还觉得搞好一个企业，合理的规章制度是十分必要的，但是当规章制度完善后，宾馆能不能搞好关键在员工。人的因素是很重要的。

经过一段时间的实践，在如何对待员工上，她逐渐摸索到了这样几点：一是用感情维系，不把员工当作是可以任由你呼来唤去的雇员，要把他们当作是自己的兄弟姐妹，要关心他（她）们的疾苦。二是坚持利益原则。她上任以后，继承了惠民公司的传统，实行了惠民宾馆员工的工资、福利待遇比周围同行业的同类员工高的利好政策，使他们愿意来惠民宾馆，来了就不想走，还能够自觉自愿地好好干。三是制定了必要的制度。尽管有了前面两条，但制度约束还是不能少的。制度制订得要合情合理，并要严格执行。不论是亲戚、朋友在制度面前一律平等。按照这套办法运行后，员工队伍的面貌有了很大改观，做到了领导在领导不在一个样。没用多长时间，宾馆的工作就走上了高效有序的轨道，宾馆的客房率稳定在百分之七十到百分之九十之间。宾馆的利润明显上升。

刚开始，宾馆员工普遍认为惠民宾馆来了个很嫩的娃娃经理，大家都抱着一种观望的态度。经过这一段时间的工作，大家都对她刮目相看了。老员工对她都很敬重。

看到郝俊秀这么出色的表现，高强是始料不及的。她的出现减轻了他的负担，心中对她是越发的喜欢，很想立刻就和她完婚。

这天晚上，郝俊秀来他家后，他已丢掉了过去那种老成持重的态度，以久旱逢甘露的喜悦，欣喜若狂地抱住她就亲吻，手也不停地在她身上摸索。郝俊秀更是紧紧地抱住他热烈地回吻，且娇声不断。高强很想把她抱到床上，但又一想，还不是时候。虽然她已同意了，但不到最后一刻他还是不会让她失身的。他要留给她充分的考虑时间。不管她在何时后悔了，他都会心悦诚服地收回自己对她的爱，不会有丝毫的怨恨。同时还要把她当作自己很可爱的干闺女去爱护她。如果她一直那么死心塌地爱着他，到时候再越过这一步也不迟。想到这里，他十分艰难地收敛了一下情绪。郝俊秀欲火中烧，含情脉脉地看着他。看到他极力克制，想到了他们以前的约定，她也只好慢慢退后。

过了好一会儿她才平缓下来说："我去打水，给你洗脚。"

高强说："今天别洗了。"

郝俊秀说："洗，没有特殊情况哪天都得洗，要养成习惯。"

郝俊秀像往常一样，先给他洗脚，洗完脚给他全身按摩，没因成了恋人而减少分毫。

宾馆的工作能有这么大的改观，是高强没有想到的。没想到她对工作这么认真，这么下辛苦；没有想到她小小年纪办事那么有板有眼；没想到她对宾馆的要害抓得那么准；没想到她在这么短的时间让宾馆工作能有这么大的起色。他欣喜地感到自己找到了一个很好的助手，找到了一个称心如意的贤内助。

一天晚上，高强对郝俊秀说："最近宾馆工作起色很大，各个部门都能分兵把口，各负其责，我们离开一段时间好像没什么问题了，是不是咱们可以去旅行结婚啦？"

郝俊秀说："工作倒是基本上轨道啦。我也进入角色了。大家对我也认可了，可以安排个时间出去了。"

高强问："你想去哪儿呢？"

"我不知道。我哪儿也没去过。"

高强说："咱们也不能走的时间太长。为了给我儿子通报咱俩这事，我看这次咱们去西南吧，先坐飞机到桂林，桂林山水甲天下，然后到昆明，再由昆明到香格里拉、西双版纳。之后飞往成都，那里好玩的地方也挺多，有峨眉山、乐山大佛等。究竟玩哪些，到时候看情况吧。然后从成都到重庆，最后坐轮船游长江到武汉，从武汉回临海。"

郝俊秀说："可以。这些地方对我来说都很新鲜。走完这么多地方还不得一个月啊。"

高强说："我觉得咱们走上半个月左右就可以了，太长了不好，毕尽咱们手上还都有事。到时候时间紧，去不了的地方就可以删掉。反正咱们这次旅游不是目的，结婚才是目的。"

郝俊秀莞尔一笑，说："行。全听你安排。"

正在张罗着准备去旅行结婚，忽然有一天，高强说："不知怎么搞的，我的右腿有点疼。”

郝俊秀说：“快到医院看看吧。”

高强“嗯”了一声，但没及时去看。过了两天，疼得更厉害了，已经影响到了走路。郝俊秀陪他到医院检查。医生看了他的腿和腰后说有两种可能：一种是腿上的问题，但腿上没发现什么征兆。那就考虑是腰上的问题，可能是腰椎间盘突出或骨质增生压迫神经引起的腿疼。

高强问：“有什么治疗的办法呢？”

医生说：“从西医角度来看没有什么好的办法。你到中医那里去看看。”

从医院出来，腿疼痛更加厉害了。他一直觉得自己身体还不错，怎么一下子就疼成这样。他心想，年龄不饶人啊。你还想结婚？还想跟这么年轻的姑娘结婚？应该重新认识自己了。你毕竟是六十有五了，应该从实际出发，重新认真地考虑这个问题了。想到这里，他有点心灰意冷。

郝俊秀说：“今天晚了，明天去找中医看看吧。”

高强声音很低，刚能让郝俊秀听到地“嗯”了一声。

第二天郝俊秀陪他去找了一个专看疑难杂症的中医大夫。这个大夫看后给他开了十五服热敷药，说：“一天熬一服，用两次，上午用后别倒了，下午加热后再用。认真按我说的去做，有十五天差不多就可以好了。”

回去后郝俊秀说：“从明天开始，你搬到宾馆来住吧。一天两次热敷，你行动又不方便。我在那里上班，照顾你也方便些，还能兼顾工作。”

高强说：“行。”

郝俊秀晚上回家后跟母亲说：“高强突然就腿疼了。医生说是腰椎间盘突出和骨质增生引起的，给他开了些热敷的中药，需要一天热敷两次。得我给他去热敷，他行动又不方便，需要我去照顾。”

母亲听后顿生疑虑，说：“那你不去上班了？”

郝俊秀说：“为了不耽误工作，又便于照顾他，我让他暂时到宾馆去住了。他行动不太方便，这一段时间恐怕我也得在宾馆住了。”

“高强是个好人，对我们有恩，他病了你该去照顾。可是，妈就怕他身体不做主，出什么变故，毕竟岁数大了。这不，一下子腿就疼得不能动了。以后的日子还长着呢，谁知道还会出现什么情况。你不为你自己的决定担忧吗？”

郝俊秀说：“人是吃五谷杂粮的，谁能保住自己不有个这病那痛的。咱们谁也保不住。人家有上一点病痛，你就胡思乱想，不能这样吧。医生说了，只要好好热敷，十五天就能好。现在我唯一应该做的就是尽心尽力地去照顾他，让他尽快好起来，别的什么也不该想。”

母亲觉得姑娘的话说的有道理，没有再坚持自己的想法。她随后说：“你要是忙不过来，我也可以去帮他热敷。”

郝俊秀说："到时候看吧，我要是顾不过来就叫你。"

热敷是一件十分琐碎的工作。熬好药后，热敷的毛巾太烫了皮肤受不了，太凉了又不起作用，要经常保持适中的温度。毛巾凉了需要放到热药里去让它再热起来。盆里的药水凉了还需要在火上重新加热。每次热敷一个小时，一天两次。因为宾馆有些工作还必须由她亲自去处理，所以她叫了一名服务员来帮助她照顾高强，但是热敷的那些主要步骤都是由她亲自来操作。晚上她还要继续给他洗脚、按摩。她觉得洗脚、按摩会对腰对腿有帮助，所以对脚洗得更认真，对身上各部位的按摩也更细心。按完后，她才到高强住的套间的外屋去休息。她是在人们都睡了以后才休息。一是事情多睡不下，二是睡的早了又觉得欠妥。因为两个人还未结婚，怕人看见不好。而且睡下后还得注意听他的动静。因为高强晚间起夜，还得她来搀扶。

高强在郝俊秀的精心护理下，心情很舒畅。他觉得一个人病了以后能有人精心照顾是人生最大的幸福。他深深地感受到她已经在尽一个非常称职的、十分贤惠的妻子的责任了。在她夜以继日、不辞辛劳的精心照顾下，他腿的疼痛在减轻。可是她比以前消瘦了许多。高强看到她为自己累成了这样十分心疼。他在想，她既要工作，又要精心护理我，给我热敷，晚上睡眠时间又很有限，真是太难为她了。此时他思想上只有一种想法，就是怕自己在有生之年补报不起她对自己的这片赤诚之心。他在恨自己不争气，平白无故腿就疼得不能走路了。要照这样，以后还不知道哪里又出问题呢。如此下去，自己怎么能陪伴这年轻貌美、刚走上人生之路、再好不过的她来度过一生呢。

有一天，郝俊秀给他洗脚时，他深沉地然而又是很激动地对郝俊秀说：“你人好、心好，对我照顾的可以说是不能再好了。你对我的照顾真是无微不至，我心中万分感激。”

郝俊秀打断了他的话：“你这是说什么呢？怎么想起说这种话了，有点见外了吧。我们是什么关系呀！”

高强说：“你让我把话说完。我是打心眼里真心感激你。我真是非常喜欢你，爱你胜过爱所有的一切。正因为如此，我怕我早早地离开你，让我最爱的人跟上我受苦受罪，得不到幸福。这次腿疼使我的这个想法更加强烈了。”

郝俊秀说：“咱们不说这个行不行？养病期间胡思乱想的不好，对养病没好处。”

高强说：“你让我把话说完。所以，我真心希望你能找一个年龄相仿的人成家。到时候，我会和你妈一起以最厚重和最体面的陪嫁出娉我最可爱、最乖巧的女儿。”

郝俊秀对他疼爱自己的良苦用心十分感动，但他的话又和自己的意愿大相径庭。所以她在很理解他目前情绪的情况下，有理有据地、十分温和地给他做了回答：“一个男人，说话要算数，应该是一言既出，驷马难追。你这答应了的事才几天呀，就要反悔了。你不能这么出尔反尔吧。你这叫失言。你同意后，我费了九牛二虎之力，苦口婆心地使尽了各种手段把我妈说通。

你现在又萌生了不要我的想法。”说着说着，她的眼里又溢满了泪水，她不想让他看到，埋下头去继续给他按脚。

高强说：“我的心你应该知道。我话是这么说了，也是真心话。但那主要是因为我们年龄相差太大，我身体又不做主，才使我产生了这迫不得已的想法。我说过的话是算数的。我是针对我的年龄和身体状况才无可奈何地想到应该给你留出重新考虑个人问题的余地。”

郝俊秀说：“谢谢你的好意。我早已铁了心了。你就再不要给我留什么考虑的余地了。你就是瘫痪在床，我也跟定你了。如果真是那样，我也会用我毕生的精力去认真、细心地照顾你。你比我大我十分清楚，从我爱上你的那天起，我就做好了准备，不论你处于什么状况，我都要让你感到舒服、幸福。也许旁人会说我傻，但别人爱怎么说就怎么说去。我觉得我这样傻得很幸福。”

高强说：“好了，就当我没说。”

郝俊秀说：“对了，你集中精力，好好配合我，尽快好起来，赶快把我娶过门。”

高强说：“我一定努力。”

郝俊秀说：“你腿疼的事还没跟亦伟说吧？”

“没有。我不想跟他们说了。说了他们会替我担心。如果他们要回来看我，还得请假，耽误工作。更主要的是，我觉得他们回来也帮不上什么忙，反倒会影响你照顾我。通过这一段时间你精心的热敷、按摩，我觉得好多了。这才是第六天，也许会像那个医生说的，热敷上十五天，真就好了。我不想惊动他们了。”

这一段时间郝俊秀实在是够忙的。宾馆这一摊事全得由她去抓。她到宾馆任职，并没有撤销她公司办公室主任的职务。高总病了，公司的事情也都得由她去处理。还有就是照顾高强。光是看护一个行动不便的病人，就完全用得着一个全日制的护工了。她不仅要照顾他的生活起居，还要一日两次地给他进行热敷治疗。所以，这一段时间她很少回家。母亲给她打过好几次电话，说想去帮她，她都拒绝了。

果然功夫不负有心人，在热敷的第十天头上，高强可以不依靠外力自己行走了。到了第十五天，已经没有疼痛感了，基本上恢复了。高强希望赶快从这累人的治疗中摆脱出来。可郝俊秀坚持要再开五天的药，巩固巩固。高强考虑到郝俊秀是想让自己好的彻底一些，也觉得多治疗上几天巩固一下也好，也就同意了郝俊秀的意见。又经过了五天的热敷，高强彻底痊愈，腰腿的疼痛感全没有了。

从这次的腿疼病中，高强深深感到郝俊秀对自己是全心全意的，是尽心尽力、不辞辛劳的。若要住院，医生、护士恐怕也比不上她对自己这么上心。即使是老婆胡巧凤活着，她也不一定能日复一日地来给自己热敷，至于洗脚、按摩就更谈不上了。儿子、媳妇更不是做这种事的人。他深切地感到郝俊秀对自己是真好。他从心底里觉得今后怎么对她好都不过分。

高强彻底好起来的第三天，到郝俊秀的办公室，问了问日常的工作情况后说："你把会计找来。"

郝俊秀有点迷惑不解。从她管上宾馆后，高强从没问过具体事务。今天却突然不说明情由，让她叫会计来。

郝俊秀怔怔地看着高强问："找会计来做什么？有什么要紧事，需要董事长亲自来抓？"

高强故意装作高深莫测地说："这件事就需要董事长直接来抓。"

郝俊秀感到他有点神秘兮兮的。他不细说，她也不好再追问，只是再一次试探性地问道："那就把会计找来？"

"对。"

会计刘春桃进来后，高强说："你坐这儿。"

会计坐下后，高强说："你根据现代企业制度和财务制度的规定做一下准备，最近去工商局把惠民宾馆股份的百分之四十九转到郝总名下。"

会计听了很惊讶，心中在想，股份是钱呀！百分之四十九那是多少钱呀。高总和郝总究竟是什么关系，平白无故就能给那么多的股份。

郝俊秀一听急忙说："不，你等等。没这个必要吧。"

高强对着会计说："郝总来宾馆后，宾馆的面貌有了很大改观。这是大家有目共睹的。我的这个决定是经过很长时间的周密考虑的，是从有利于宾馆今后的发展出发慎重做出的。选用一个有能力的、德才兼备的、尽心尽力干事的人，比吸纳一大笔资金入股要更有利得多。小刘你快点准备材料，准备好了拿来给我看。”

郝俊秀又想说话，高强说：“要是有关这件事情的就别再说了。小刘，你快去办吧。”

刘春桃走后，郝俊秀又说：“你这没有必要吧。咋还没咋呢，就转给我近百分之五十的股份。知道的人会很不理解的。你转给亦伟倒是合适的。这事亦伟知道了会怎么想呢？我早就想过，你是个有钱的人，即使咱们成家后，我也不想占你的这些钱财。你给我的已经够多了。现在我的工资也不少，管够我们母女俩花了。”

高强说：“你这话倒能反映出你这个人为人忠厚。但我感到有一丝凉意。人们常说，爱你的女人，喜欢花你的钱，喜欢向你要钱。她一旦成为你的人后，她会把你的一切都看作是她的一切。你却不是这样。”

郝俊秀说：“我是这么想的。成家后，我会精心打理我们这个家，会把你的一切都看作是我的去认真、细致地打理。至于钱财，我并不看重。也许是我在农村过惯了穷苦生活，我觉得现在在你的关照下，我们的生活已经很不错了。咱们俩成家后，因为有我，你的生活肯定不会差。我的生活也肯定会比现在还好。我还贪图什么呢。”

高强说：“你倒真想的开。”

郝俊秀说：“我就是这么想的。我的要求不高。”

高强说："我知道你这个人很忠厚、很朴实。但作为我来说，必须想的周全点。我们成家后，按照我的心意，根据法律，肯定应该有你的一份。我百年之后，不，在这之前我就想把给你和给我儿子的财产分割清楚。凭我对我儿子的了解，我想他会尊重我的意见的。但是任何事情都要向好处走，从坏处想。万一他有异议，那我就得花费相当长的时间去调解、说服他。我现在之所以把惠民宾馆的部分股权转给你，是因为按照股权分红是你的合法所得，不在分家的范围之内。从最坏处想，万一将来家产你分不上也不要紧，光惠民宾馆的分红每年就差不多有四五百万。我这是从长计议，未雨绸缪。"

郝俊秀说："你这可是太为我操心了，老谋深算的有点过分了吧。"

高强说："不过分。手中有点可支配的钱方便。再说，你来之后，无论是给公司还是给宾馆，创造的价值都是相当可观的。我相信你今后还会创造出更大的价值，给你股份也是理所当然的。不谦虚地说，我觉得这也是我的明智之举。"

郝俊秀觉得再说也于事无补，也就没再说什么。

过了四五天，郝俊秀在给高强洗脚时说："今天中午吃饭时我妈问我咱们的婚事时候办呀，得抓紧考虑了。"

高强说："你妈说的对，是应该抓紧办了。我看，明后天咱们就去登记。下周就行动，开始咱们的旅行结婚。你看怎么样？"

郝俊秀说："行。"

第二天上午他俩去民政局登记结婚。民政局的办事人员很感惊奇，因为他们从未接待过年龄如此悬殊的两个人来登记结婚。因此问的稍为细致了一些。

办事员先问郝俊秀："你们恋爱多长时间了？"

"两三年啦。"

"你真心同意和高强结婚？"

"真心同意。"

"没有什么其他的原因？"

"没有。我们是真心相爱。"

然后办事员又问高强同样的问题。高强和郝俊秀回答得一模一样。民政局的办事人员在大惑不解的情况下给他们办理了结婚证。

领到结婚证就快中午了。

这天天气晴朗，只有西南方的高空中镶嵌着几丝白云。极目远眺，蓝天白云，极具美感，使人感到很是畅快、舒心。道路两旁的树木花草也好像比往常更加葱翠、艳丽。举目望去，全是美景。两个人心中的兴奋和喜悦，情不自禁地流露在脸上。他们俩的脸上一直绽放着两朵满含深情爱意的、令人陶醉的幸福花。两个人商量中午不回去吃饭了，想在外面找一个好一点的餐馆用餐，以庆祝他们这来之不易的幸福。经过好一番逐磨，最后他们决定到临海市的一个相当高级的、以雅静和浪漫情调著称的蜜友酒家去。到了以后，两个人要了一个情侣间，点了蓝梅山药、红酒雪梨、清蒸鳜鱼和炝炒牛心菜四个菜，还要了一瓶法国干红。服务员离去后，两个人迫不及待地拥吻在了一起。酒菜上来后，他们首先是喝交杯酒。高强按照规定动作将交杯酒徐徐下咽，而郝俊秀却将酒含在嘴里迟迟不咽。高强让她咽，她就是不咽，并示意让他再倒一杯喝。高强又倒了一杯。郝俊秀示意让他喝。高强将重倒的酒喝在嘴里后，郝俊秀立即迎上去吻住了他，将两个人嘴里的酒混在了一起，然后同时下咽。高强这时深深感到年轻人的生活情趣就是丰富，惯常的程序都能玩出新的花样来。他深信，她的到来会让他的晚年生活过得更加丰富多彩、幸福美满。想到这里，他又把她搂在怀里，疯狂地吻了起来。就这样拥吻了约莫有两分钟他们才渐渐恢复了平静。高强在给双方斟酒时说："我参加过好多婚礼，看过许多喝交杯酒的，像我们这样的我还从没见过。我们这应该是交杯深吻共饮口中酒。"

郝俊秀得意地说："你还给起了个名，可以，就叫它交杯深吻共饮口中酒吧。"

他们吃吃停停，一顿饭吃了将近两个小时。

回到单位后，两个人努力把先前欢愉的情绪压了下去，很快恢复到平常上班时的状态，就好像是什么事也没发生。

下午下班后，郝俊秀回了自己的家。见了母亲的第一句话就是："妈，我们登记了。"

郝妈妈刚一听高兴得合不拢嘴，继而又一想，自己的闺女将要成为人家的人了，心中难免又有点酸楚。在这种复杂的心绪下，她问道：“是上午去的？”

郝俊秀“嗯”了一声，接着说：“我一会儿还要走呢。晚上就不回来了。”

郝妈妈意识到自己的闺女已经成为人家的人了。她隐忍住自己内心的酸楚应道：“噢。角色变了，生活起居随着都会有变化。你自己在各个方面都要拿点心，要注意自己好好关照好自己。”

郝俊秀说：“知道。你一个人也要多留意自己的身体。没事早点睡吧。”

待了不多一会儿郝俊秀就走了。

郝俊秀到了高强家，刚一关上门两个人就拥吻在了一起。高强正想把郝俊秀抱上床，郝俊秀说：“先洗脚吧。”

高强说：“今天不洗了吧。”

郝俊秀说：“还是洗洗吧。”

说着她就去卫生间打水。

打来水后，高强说：“以往都是你给我洗脚，今天你成了我的新媳妇儿了，让我给你洗一次脚吧。”

“不行。还是我给你洗。”

“你快坐下，让我来给你洗。”

“不行，我会受不了的。我会痒的。”

高强边往下按她边说：“你坐下，我会轻轻地给你洗。”

郝俊秀看这情景好像推辞不掉，也就不再坚持了。她心里想，他可能早就有这种想法了。于是就脱了袜子，将脚伸进水里。高强的手一接触到她的脚，她就像中了电似的，立即把脚收了回去。

“把脚放进来，我再轻点。”

“我的脚从来没让人碰过。我受不了。”

“我再轻点，一会儿你就适应了。”

郝俊秀又把脚慢慢地放进去。高强用手去捏，触到脚后，郝俊秀又要收回云，高强捏住不放。郝俊秀痒的不行，但又想到高强的良苦用心，想尽力适应，可还是痒的难以忍受，脚和腿还在不由自主地乱动。高强试着给她慢慢地搓洗，郝俊秀感到异常的酥痒，又感到格外的舒服。所以她就忍着这无法说清的感觉尽力地配合着。高强又试着加重了些搓洗的力度。郝俊秀更加酥痒。她脸红红的，眼睛含情脉脉地闪着亮晶晶的光芒。她觉得自己的心跳在加快，身上愈来愈热。一种从未有过的、火烧火燎的感觉顿时涌上心头。她再也忍受不住了，于是她不管不顾地急速站到盆里，弯下腰去抱住高强就狂吻起来。高强也疯狂地回吻着。两个人等不及擦干脚就去宽衣解带。郝俊秀在迫不及待地希望得到满足。她终于把一个女人最珍贵的东西献给了自己最心爱的人了。

高强这时感慨颇多，人家这么一个漂亮、贤惠、聪敏、能干、洁白无瑕的黄花闺女，心甘情愿地把自己的一生就这样寄托在你一个年过花甲的老头子身上，这真是亘古少有、无法想象的事，是人世间最难得的享受。我真不知道以后该怎样来报答她。他想到这里，把郝俊秀搂得更紧了，并且发自内心地、深情地吻着郝俊秀。过了一会儿，他对着郝俊秀的耳朵低低地说：“我真幸运，能够遇到你，我这真是老来福呀。我出身农村，家境贫寒。为了改变命运，我从小一心刻苦读书，不敢有些许杂念萌生。从小学到大学学习一直不错，各方面表现也挺好，年年受奖，一直是学生干部。从初中开始，不断有女生向我示好，我一律拒绝。随着年龄的增长，对于任何一个体魄健全的年轻人来说，都会有生理需求的，但我极力克制，怕因此耽误了前程。大学毕业参加工作后，又觉得自己底子薄，要想混出个人样儿，必须排除杂念，艰苦奋斗。那时我给自己定的是打下点基础再考虑个人问题，即先立业后成家。那个时候也有姑娘对我有好感，我都有意疏远。这么一晃，就到了二十六岁了。周围同年的大都成家了。我们单位这么大的男的就剩下我一个光棍了，这时我才有点危机感了，觉得再不赶快结婚真就不好办了。于是才开始着手解决婚姻这件人生大事。我开始考虑这事后，我的一个同事给我介绍了我的老伴胡巧凤。她当时是在一个被服厂当出纳，也已经二十四岁了。我们从见面到结婚总共才用了三个月。由于婚前了解得不多，许多方面都得婚后磨合。尽管我们都付出了很大的努力，但由于性格差异太大，我们俩始终磨合得不太好，没有像很多夫妻那么甜甜蜜蜜，亲密无间，更没有像很多夫妻那样花前月下，卿卿我我。我们虽不能说是貌合神离，但两个人之间一直有那么一点别别扭扭的。她跟我也一样，我们那个年代的人，虽感到有些不协调，但都没有离婚的想法，都觉得这可能就是命，就认命吧。所以，我们两个人的生活，有很多时候都是对付、将就。见到了你就不一样。我从一见到你就有一种亲切感，就很喜欢你。但那时我没有别的想法。我这个人还是一个比较传统的、守本分的人，所以在这之前我对你没有一点非分之想，只想认你做我的干女儿。可现在，不该想、不敢想的事竟然变成了事实。这真是天赐良缘。我翻来覆去地想，是你和老天爷在弥补我这多半生在这方面的欠缺呢，是你和老天爷让我有一个幸福美满的晚年。”

郝俊秀紧紧地搂着高强，静静地、仔细地听他对往昔的述说，充分地享受着高强那真诚的、独一无二的、只有她们俩之间才有的爱的叙语。

高强停顿下来后，郝俊秀接着说：“我当初只想来临海打工挣钱，改变一下面朝黄土背朝天的活法。如若混得好呢，还可以孝敬孝敬我老娘。没想到我碰上你了，是你改变了我的命运，是你给了我和我们全家幸福的生活。今后我会以妻子和女儿的双重身份好好陪你、照顾你，既让你满足了让我当你女儿的心愿，又让你享受到一个称职妻子的温馨。”

高强听了郝俊秀这短短的几句话，心里暖暖的，激动的眼睛都有点湿润了。

这天，天气很晴朗，月色皎洁柔和，它从东南方开始欣赏他们俩如胶似漆的爱恋，现在不知不觉已移向西南啦。高强和郝俊秀也许是用了很大的克制，相互才搂抱着渐渐进入到甜蜜的梦乡。

两天后两个人开始了蜜月旅行。他们先去了昆明。昆明是有名的春城，夏天不热，冬天不冷。自古就有“昆明腊月可无裘，三伏轻棉汗不流，梅绽隆冬香放满，柳舒新岁叶将绸”的美誉。他们来了正赶上没雨，天空碧蓝明媚，十分舒适。郝俊秀是第一次来，加上他们是来这久负盛名、人人向往的春城度蜜月，充分享受刚刚步入的二人世界，所以，不论走到哪里她都感到特美，特舒畅。

他们首先去的地方是云南有名的石林。高强以前听说过昆明有个石林，但没有来过。郝俊秀是除了临海市哪儿也没去过。他们看到这怪石林立、突兀峥嵘、形状各异的大片岩石“森林”惊叹不已，深深感到这世界真是无奇不有，竟然能够有这么奇妙的景观。有一处“钟石”还能敲出各种不同的声音，真是美妙。看后他们觉得这整个石林就是一座巨大的自然石景艺术宝库。听讲解员说，这片石林是历史最久远、分布面积最广、种类最齐全、形态最独特的天下第一奇观，能够见到它真是大饱眼福。

第二天他们起的较晚，吃过早饭就到市里去转。真是巧得很，他们在一家商店门口碰到了一个熟人，是高强的小姨子胡巧莲。胡巧莲很远就认出了高强，而且看到郝俊秀和他依偎得很近，亲亲热热的。走近后胡巧莲叫道：“姐夫，你这是出差？”

高强搪塞道：“噢。”

胡巧莲以为是高强有了相好了，所以好奇地问：“这位是？”

高强不以为她会打破砂锅问到底，对她这一问很感难回答。说谎吧，一时又编不出来，照实说吧，又觉得找了这么年轻的一个小媳妇有点不好意思，尤其是对前妻的妹妹讲。可是不回答又不好，她会认为这是找的相好。思索再三，他觉得还是实话实说吧："这是我太太郝俊秀。"接着他面向郝俊秀说："这是胡巧凤的妹妹，我的小姨子胡巧莲。"

郝俊秀礼貌地目视着胡巧莲点了点头。

高强问胡巧莲："你这是来做什么？"

胡巧莲还在略带惊讶地看着郝俊秀，口里回答道："出差。"

胡巧莲接着问道："你们是来旅游的？"

高强应道："嗯。"

胡巧莲虽感到很惊讶，心中悬着个很大的不解，可也不好再问什么，于是就互道寒暄朝着各自的方向走了。

胡巧莲边走边想，姐姐去世了，姐夫再找一个是应该的。可是六十多岁的人了，找这么年轻的，这也太不相称了。那女的也就二十左右吧，这人一有了钱，什么事都能干得出来。高强这人一向还是很稳重，很老实的，做人低调，办事靠谱，思想很传统，怎么能做出这么风流的事来。她有点想不通，就给她外甥，高强的儿子高亦伟打电话。

电话拨通后对方问道："哪位？"

"我是你姨。"

"噢，是姨姨，有什么事？"

“你爸结婚，他不告诉我，你也不告诉我？”

高亦伟惊奇地回问道：“姨，你在说什么呢？哪有这事呢，不可能吧。”

“你不知道？这事他做得也太离谱了。他找了个老婆，不，是找了一个小媳妇儿，是找了一个你想象不到的、小的不能再小的小媳妇儿。”

“不可能吧，我一点儿也不知道。要是有这事，他无论如何都应该跟我说一声呀。”

“确凿无疑。我现在在昆明出差，刚刚在这里碰到他和他的小媳妇在度蜜月。”

高亦伟心绪异常烦乱地说：“能有这事？”

接着他把话题转向了胡巧莲：“姨，你什么时候回去？”

“还得几天。”

“你出门在外，注意身体。”

“好，你也注意身体。那事出了就出了，别想太多了。”

“好的。”

挂断电话后，高亦伟想了很多。爸爸续弦倒是应该。一个人没个照应，孤苦伶仃的是不行。可是，要找这也是件大事呀。我作为他的亲生儿子，也是他唯一的亲人，总得跟我说一声呀。对他的这件事，我虽然不应该有什么意见，也不可能去干涉，但不管怎么样他都不应该不跟我说呀。姨姨还说是找了一个小媳妇儿，能有多小呢？她是不是在为她姐姐吃醋，是站在我妈的立场上妒忌人家了吧。想了好一会儿，他觉得还是给爸爸打个电话问问吧。电话拨通后，他问道："爸，您还是那么忙吗？"

高强说："我不忙。"

"您最近身体怎么样？"

"挺好的。我现在在昆明呢，过两天去你那儿。"

高亦伟想，既然要来那就先不在电话里问那个事了吧。于是他说："好，来吧。哪一天来，提前告诉我，我好去接你。"

"好。"

晚上回到宾馆后，郝俊秀说："看来亦伟他姨对我们结婚这事儿很不理解。她从看到我到你说'这是我太太'，整个过程都显示出一种近似鄙夷的神情。我们结婚亦伟他们还不知道，她会不会提前打电话告诉亦伟，让他们产生不必要的疑虑呀？"

高强说："也有可能。"

两天后的一个晚上，郝俊秀说："周围对我们这事看不惯，主要是世俗观念的原因，我们可以不去管它。家里人看不惯，除了世俗观念的原因外，恐怕还有一个利益问题。那就是说我和你结婚是图你的财产。这个问题不解决，我和家里人的关系就难以处好。咱们这次去见亦伟我想给他们留一个字据。"

高强问："留什么字据？"

郝俊秀说："从看到亦伟他姨的那种神态后，我就一直在想这个问题。我想在见到亦伟后给他们留这样一个字据：'承诺：我和高强结婚完全是出于爱，不图其他。愿意两人相互帮助，相互照顾，直至终老。为此，我在这里郑重承诺，将来对高强的所有财产继承弃权。’”

高强说：“你的心意我知道。这个需视情况而定，非到必要的时候不必露它。世事难料，万一出现一些咱们想不到的情况，到那时怕被动。”

郝俊秀说：“凭我这一段的体会，我想，再怎么坏也能过下去的。我真是这么想的，不想让他们为这事对我产生不睦。”

高强说：“视情况而定吧。”

高强他们在昆明市内转了半天，又去滇池游玩了一天。滇池是高原湖泊，有“高原明珠”之称。它能够调节昆明的温湿度。所以，来到这里更感天高云淡，阳光明媚。高强、郝俊秀手牵着手，在平静如镜的滇池边漫步，欣赏着湖中和湖边那柔美、旖旎的景色，心中倍感惬意。

三天后他们到达大理。

高强本来是计划从昆明到大理再到丽江，而后到成都去见儿子，把自己再婚的事跟儿子说一说。可偏偏在昆明碰到了胡巧莲，闹不好她会跟儿子通电话的。让儿子从别人嘴里听到这件事总不如自己直接跟他说好。他在想，儿子昨天跟我的电话是一般性的问候呢，还是想谈点什么呢？想到这里，他觉得还是尽快见到儿子为好。于是，他们去大理没有深度游，只是走马观花地看了看大理古城、洱海和苍山就到了丽江。

丽江城不大，依山傍水。街道多是用红色角砾岩铺就。一踏入丽江，明显地感到它是一座典型的旅游城市，全城几乎都是商铺，商品琳琅满目，叫卖声不绝于耳。唱歌、跳舞的地方很多。无论是商铺还是活动场所关门都很晚，几乎成了不夜城了。丽江是国家级历史文化名城，来到这里可以感受到西南地区人民那种独特的生活习俗和多个少数民族的风土人情，真是大开眼界，很增长见识。

在古城里转了半天和一个晚上，第二天到了以湿地闻名的自然保护区——拉市海。拉市海是茶马古道上一个四面环山的古老的冰蚀湖，湖面上长满了各种各样的水草。湖上点缀着一些木筏。这天天气晴朗，有一丝微风。微风使水面泛起了连绵不断的涟漪、波纹。水草在微风吹拂下整齐化一地舞动。放眼一看，整个湖犹如技艺高超的舞女舞出的一幕精彩绝伦的绿绸舞。高强和郝俊秀租了一只小木筏开始了拉市海之游。这次旅游给他们留下了非常深刻的印象。中午吃完饭后，高强在伏案写着什么。郝俊秀趴在他肩上看，他停下笔说："写一点上午游拉市海的感想。你去休息一会儿，我快写完了。"

过了不一会儿，他把写好的旅游观感给郝俊秀看。

茶马古道游记

茶马古道上有一个四面环山的拉市海。很美，很有特色。我们坐着一叶扁舟畅快地荡漾在这拉市海上。只见，水中长满了各种各样毛茸茸的海草。不同颜色的叶子漂浮在水面上。自然地形成了许多五颜六色的、十分好看的图形。图形构思之妙，色彩斑斓之精美，是人间能工巧匠望尘莫及的。更令人赞叹不已的是有一些晶莹剔透的小白花（当地人叫它水性杨花）点缀其间，蓝天，白云，青山，绿水，再加上这人工无法描绘的精美的天然画面，犹如步入仙境，甚是好看。给我们划船的艄公还放着悦耳动听的歌曲为我们助兴。身处佳境，赏心悦目，倍感温馨。更使我感动不已的是，在我花甲之年能携上我貌美如花的爱妻到这人间少有的仙境览胜，那个美呀，那个惬意呀，那个享受呀，真是无与伦比。

郝俊秀看后说：“你这还诗性大发了。你不光是能搞企业，文采也很不错呢。《茶马古道游记》，这题目似乎太大了点。咱们只看了拉市海，并没走完整个茶马古道啊。”

高强说：“你说得很对，可以改成《茶马古道上的一景——拉市海游记》。”

游完丽江他们就到成都了。出发前高强已给儿子去了电话，所以，一下飞机高亦伟就把他们接上了。高亦伟在看到郝俊秀的一刹那，心中“咯噔”一下，简直就像是被惊吓着了一般。心里在想，难道这就是我爸给我找的‘后妈’？能找这么年轻的？太嫩了吧！这还不知道有没有他孙女大呢。客观情况不允许他这样继续想下去。他收住思绪走向前去问道：“爸，你们转了哪些地方？”

高强听他问的是你们,心里想,亦伟是看到我们是两个人呢,还是接到她姨的电话了。既然你还没着意问,我也就先不介绍了。

他针对儿子的问话简单答道:“先到了昆明,而后到大理、丽江。没走多少地方。”

“走的累不累?”

“不累。”

“那就上车哇。”

他们进家后,董艳梅看到公公身旁的郝俊秀后也十分惊讶,但是她仍以平静的态度说道:“爸爸,你们一路辛苦了。”

高强说:“没走多少地方,不辛苦。高馨(指孙女)常回来不?”

董艳梅说:“她工作挺忙的,一两个月回来一趟,前两天又出差了。”

高强没有介绍自己,郝俊秀看到他儿子和儿媳妇那种很不理解和惊异的眼神很感尴尬。她也能理解高强的暂不介绍,对于高亦伟和董艳梅那惊异的目光和不冷不热的态度也没有在意。

董艳梅给他俩倒上茶后,高强说:“我跟你们说个事儿,她叫郝俊秀,来咱们公司工作已经两年了。我们俩现在走到一起了。出来前我们正式登记结婚了。本想提前跟你们说,后来一想,准备到这里旅游,就想来了再跟你们说。”

听了高强的介绍,高亦伟和董艳梅出于对父亲的尊重,表面上都还露出一丝笑意。高亦伟从嘴里挤出一个轻轻的“噢”字。与此同时,董艳梅也点了一下头,意思是赞成公公续弦,也同意丈夫的表态。

吃完饭后，高亦伟说：“爸，你们是就住咱们家呀，还是住宾馆呀？”

高强看了看郝俊秀说：“还是住宾馆吧。”

高亦伟说：“不早啦，那咱们先找个宾馆住下再说。”

找好宾馆住下后，高亦伟说：“爸，咱们出去走走，我有点事想跟您谈谈。”

没等高强说话，郝俊秀就说：“那你们出去吧。我看会儿电视。”

他们出了门走了没多远，高亦伟说：“爸，您再婚我是非常同意的。您这一年四季没个说话的人，没个人互相照应是不行。可没想到您找了这么年轻的一个人。”

高强说：“我也没想到。我们这个事互相揪扯、商讨、磨合了一年多快两年了。开始我是觉得不合适，我不同意。但她坚持要嫁给我。知道了她的这个意思后，我多次跟她说我们俩不合适，但她矢志不移。后来我经过很长一段时间认真、细致的考察，觉得这姑娘是真心对我好，没有什么别的贪图，就同意了。”

高亦伟说：“爸，您的事当然还是您作主。不过，我做为您的儿子，也可以说是您唯一的亲人，有些想法还是想跟您说说。”

高强说：“你说。”

高亦伟说：“两个人岁数太悬殊会有诸多不协调的。生活习惯、兴趣爱好、生理需求等许多方面都可能出现不一致乃至矛盾的地方。到时候产生了矛盾会让人很烦心的。如果再闹得分道扬镳，会让您晚年生活很不安定的。”

高强说：“你说得很对。这些问题我都想过了，而且都跟她谈了。她说，只要两个人相爱，这些都不会成为问题。她还说，两个相爱的人固然是在爱对方的许多优点，但更主要的是要理解、包容、接受对方的不足和缺点。她是这么说的，两年来她也是这么做的。她对我的生活起居照顾得挺细致、挺周到。”

高亦伟说：“有心计的人往往是很聪明的。她们会用甜言蜜语，把一些事情说得天花乱坠，让你感到很中听。为了博得你的欢心，她们在短时间内也会装得出奇的乖巧，但背后究竟是什么用心，不能不提防，不能不多一个心眼。说得不好听点，她愿意跟你在一起是不是另有所图。爸，我倒不是怕将来我分的财产少了。爸，你是知道的，我这里的工作很不错，我对我的工作很喜欢，收入也是蛮高的。您曾让我回去打理您那一摊子事情，我没有回去。如果遇上是别人，很可能早就回去。如果是那样，您打拼下的那很可观的一大摊子不就顺理成章地到了我的名下了。然而我没有回去，我丢不下我这里的工作。这也就说明我上面的想法不是患得患失，完全是从关心您的角度出发的，怕您找的不合适，有个什么闪失。”

高强说：“你的担心我很理解。我一点也不怀疑你的良苦用心。通过很长一段时间的观察，我觉得郝俊秀不是那种说一套做一套的人，也不是想达到某种目的不择手段的人。你既然从关心我、爱护我的角度提出了一些疑问，我可以在今后的生活中继续品察。不过从目前的现实来说，我们已经是合法夫妻了，我希望你们要承认她是我们家庭的一员，要看在她是我妻子的分上，给她以应有的尊重。至于怎么称呼无所谓。从我这么长时间对她的观察来看，我觉得，她到了我们这个家里，成了我们家的一员，只会帮我们操持家业，不会对我们家今后财产的分配有任何影响。这些我们在两年多的磨合中已形成了共识。你们也可以在今后的实际生活中慢慢品察。”

稍为停顿了一会儿，高强又说：“来的时候她还提出，这次来要不要给你们带一点钱来，工资再高还能高到哪里去呢。现在物价普遍都高，支出后恐怕就所剩无几了。维持一家人的生活不容易。我说我对小孩的态度是让他们自立，不想让他们过多地依靠老人。自从他们工作以后，除了买房给过一些钱外，基本上再没给过。她说：‘你的钱将来还不是都给他们呀，与其将来一次给，还不如陆续给呢。他们在搞科研，不知道科研经费宽裕不，现在给上点钱也许在科研上还能派上点用场呢。’我问她给带多少，她说：‘你多年没给了，给上个三五百万吧。咱们又不缺钱，让他们的生活也宽裕些。’一会儿回去我就把钱给你们。”

高亦伟说：“我们倒不需要钱。爸，您既然这么决定了，我希望您的决断是正确的。你们年龄那么悬殊，这会让人一时难以理解的。不过，我们尊重您的选择，也会给她应有的尊重，您放心。”

高强说："我们年龄悬殊是会让人不好理解的，开始我自己也很不理解。你们也应该对你爸有个基本了解吧，我不是个思想多么开放的人。这个问题我考虑了好长时间，而且这也不是我的初衷，甚至我对再婚也并没抱积极的态度。我想过要找一个，但觉得不急，要慢慢来。要找我的话，我也是想找个年龄相仿的。可是在生活中就遇到了这么一个人。接触多了以后，我觉得这姑娘还不错，开始我想认她做干女儿。她不答应，但还继续和我来往。最后她表示愿意和我在一起。她提出这一问题，把我吓了一跳。我觉得这是根本不可能的事，是年轻人一时的心血来潮。经过很长一段时间的观察，觉得她的这个想法是出自内心的，是真诚的，我这才答应她。这个过程差不多有两年了。"

高亦伟这时在想：我的意思已经和盘托出了，他应该是听清楚了。这事现在已经生米煮成熟饭了，作为儿女只能是适当关心，谈点看法。究竟如何对待，还是得由他自己去定夺。这个事情今后对他是好是坏，发展趋势究竟会怎样，不好预料。但愿他们能过好，能够幸福。

这时他们已走到宾馆门口，高亦伟说："爸，您放心，我们会正确对待的。不早了，您上去休息吧。"

回到宾馆房间后，郝俊秀说："回来啦。"

高强说："嗯。等的时间够长的吧。你知道亦伟约我出去做什么吗？"

郝俊秀胸有成竹地说："能做什么，跟你谈咱们的事呗。"

高强说：“就是。他对我再婚是同意的。对于我们两个人年龄悬殊的问题有点顾虑。我给他解释后，他也就没什么想法了。亦伟还是懂事的，他尊重我的决定。”

郝俊秀说：“产生这些看法是可以理解的。要是我，对这一点也会有看法的。”

高强调侃道：“既然是这样，你为什么还非要和我在一起呢？”

郝俊秀顽皮地说：“鬼使神差地我爱上你了，爱上了就顾不了其他了呗。”

高强对郝俊秀的反应很满意，觉得她能这么通情达理真是难能可贵，听了她刚才的回答觉得更加可爱，一把把她揽入怀中，又疯狂地亲吻起来。

高亦伟回去后，董艳梅问道：“你和爸谈了谈他和他的小媳妇的事？”

“谈了谈。”

“怎么样？”

“看来两个人还是有感情基础的。据爸讲，这个女的对他挺好，不会有什么其他的目的。也许是这个女的很会来事，据爸说，来的时候她还主动提出要给我们带点钱。这一点我相信是她的主意，因为爸是不会轻易给我们钱的。这么多年，除了买房，他就没给过我们钱。他只是说过让我回去继承他的事业。你猜猜她给我们带了多少钱来？”

董艳梅说：“带上几万吧得。”

高亦伟说："几万？不对。几十万都不止，是三五百万。他没具体说是三百万还是五百万，估计一两天会说。"

董艳梅惊讶地说："会拿那么多？出手也挺阔绰的。"

高亦伟说："不管怎么说，我们应该尊重爸爸的选择。看在爸爸的份上也应该给郝俊秀应有的尊重。"

董艳梅说："那是应该的。从郝俊秀这个人来看，也还是属于稳重、老实、和善一类的。人家年龄虽小，但辈分在那儿摆着呢。咱们没有不尊重之礼。至于称呼嘛，好像不宜按长辈去称呼。"

高亦伟说："不必拘泥于称呼，对付着叫吧。在非叫不可的时候是不是叫一声阿姨适宜一些？"

董艳梅说："叫阿姨我倒觉得不妥，因为她比我们年龄还小。但她再小，爸在那儿摆着呢。不过到时候看情况吧。"

第二天吃完早饭，高亦伟就来与高强和郝俊秀商量到哪里去玩儿的事情。商量完后就一起到了高亦伟家吃午饭。饭菜上来后高亦伟举起酒杯说："爸爸，你们这次应该算是旅行结婚吧？咱们今天这也算是家宴。我和艳梅（郝艳梅也举起了酒杯）祝贺你们二位在今后的生活中和和睦睦、相依相携、幸福美满、白头偕老。这杯酒我干了，你们随意。"

一个很普通的举杯让郝俊秀听出了，这是对他爸再婚的认可，也是对她在这个家的认可。她觉得像她们这么奇特的婚姻能得到这样一个认可就很不错了。

高亦伟他们对于父亲找了这么年轻的一个妻子感到别扭，

郝俊秀自己也感到别扭。所以从昨天来了到现在没说几句话。吃完饭董艳梅给每个人斟上茶后，高强说：“我们来这儿也待不了几天，转上几个地方就准备回去了。来的时候在她的提议下给你们带了点钱，（他转向了郝俊秀）你拿给他们吧。”

郝俊秀从手包里取出一个折子说：“这是你爸爸这次给你们带的五百万，你们今后的生活或科研用得着。高馨也大了，也会用钱的。”

她接着说：“我跟你爸的结合你们可能不理解。社会上的许多人都会不理解，不奇怪。因为我们的岁数悬殊，不般配。可是我们是诚心诚意、真心实意愿意在一起，请你们能相信我们。你们远在外地，你爸的生活起居、健康和他晚年生活的幸福就交给我吧，我来全权负责。你们放心。”

郝俊秀这短短的几句话让高亦伟和董艳梅很受感动。他们觉得不能再以传统的、陈旧的眼光来看待这个问题了。所以他们不无佩服地、异口同声地说：“谢谢！”

高亦伟深感郝俊秀这是在代自己敬孝呢。于是他又诚心诚意地说了一句：“谢谢你啦。”

高强说：“这次来没有见到高馨，不知道她对她爷爷的再婚会有什么看法。”

高亦伟说：“她小孩子家不会有什么看法的。”

高强说：“她也不小了，该成家啦。她现在有没有对象？”

董艳梅说：“说是谈着一个。”

高强说：“如果成家要买房子，言语一声。”

高亦伟说：“即使买房子，有刚才您给我们的钱也管够了。”

高强说：“那是给你们的。”

第二天，高强和郝俊秀在高亦伟和董艳梅的陪同下参观了武侯祠、杜甫草堂，又在成都市内转了转。第三天高亦伟两口子又陪高强和郝俊秀游了都江堰、乐山大佛和峨眉山。

从峨眉山回来后，他们没有再逗留，睡了一晚就坐飞机回临海了。

由于人员配备得当，工作安排妥帖，他们不在的这一段时间，惠民公司和惠民宾馆的工作都在有条不紊地运转着。可是有的人对于高强和郝俊秀双双外出，而且时间还不短，不无猜测。在回来的第二天，和郝俊秀来往密切的两个小姐妹张鲜慧和贾艳萍你一言我一语，旁敲侧击地问郝俊秀：“你们走了好长时间了哇？”

郝俊秀说：“半个来月吧。”

张鲜慧问：“是出去联系业务、办事，还是旅游？”

郝俊秀说：“都有吧。”

贾艳萍说：“是假公济私吧？”

郝俊秀不会说假话，所以就顺着贾艳萍的话说：“你要这么说也算是吧。”

张鲜慧说：“你这倒挺坦白的。是不是我们说轻了，你就顺着我们的话来承认了。”

郝俊秀说:“你们这是什么意思,出一趟门难道就有问题啦?”

张鲜慧说:“问题嘛……”

贾艳萍看见张鲜慧应答不上来,急忙接着说:“你们孤男寡女,出去居住不方便吧?”

郝俊秀听后不急不躁、不温不火地说:“你们两个人绕了这么大个圈子,半天问题在这儿呢。快别瞎想啦,该干啥干啥去。”

晚上,郝俊秀对高强说:“咱们这次出去,可能有的人有察觉了。张鲜慧和贾艳萍下午跟我开玩笑时流露出了她们的怀疑。”

“咱们尽快办上几桌席,举行个仪式,把该请的人请一请,把咱们两个人的事公开,让大家好好去议论吧。”

“什么时候好呢?”

“我看就这个星期日吧,地点就在咱们惠民宾馆。把咱们的员工都请上。”

“有的员工如果值班来不了可以改日再请一次。”

“行。完了咱们碰一下看该请哪些人,确定了人员后你就给外面要请的人写请柬吧,公司和宾馆的人口咱们头通知就可以了。”

“既然要举行个仪式,咱们是不是还得请个主持人呢?”

“我是主张简单点,但再简单看来还是得有这么个人。”

经过两个人的合计,需要准备十桌。在自己的宾馆办,茶糖水果、酒水饭菜都比较方便。

星期六,郝俊秀安顿高强说:“你今天去理理发,刮一下胡子。

明天你穿那套藏蓝色西装，白衬衫，打一条红色的或黑色的领带。我已经拿出来放在靠西边的柜子里了。”

高强说：“好的。”

仪式办得既简单又隆重，减掉了一般婚礼的许多繁文缛节，但又不乏风趣。

主持人开场一本正经地说：“我不是个职业婚礼主持人，但是凡办婚礼的，能请上我这样的肯定不会再去请别人。这不是说我多么会主持，我这是说的大实话。你们想想，他们既然请了我，怎么还能去请别人呢，好坏只能是我了。言归正传，我主持过好多婚礼，但我从没主持过像今天这样的婚礼。今天这个婚礼是别开生面的婚礼。这两个人往这儿一站，我想全场的人恐怕都会有一种从未有过的新奇，不，是惊奇。惊奇的还在后边呢。这位六十五岁的高强先生和这位二十三岁的郝俊秀女士经过了两年多的苦恋，冲破了父母的阻拦和儿女们的大惑不解，终于走到了一起，结成了爱得死去活来的恩爱伉俪。他们这是真爱。他们明知年龄悬殊，明知相互要承担比普通婚姻多的多得义务，但他们义无反顾。在他们眼里只有爱，没有其他。正像许多文艺作品中所说的：‘爱情是两个人的事，与年龄、身份、财产、国籍无关，甚至与距离、时空、性别也无关。’那是文艺作品啊。这里站着的两位可是活生生的人，而且年龄悬殊之大古今少有，可以称得上是旷世奇恋。让我们为这一对旷世奇恋鼓掌，祝福他们的婚姻美满幸福。我说的有点太多了。

其实我是一个寡言少语的人，我是被这一对十分少见的旷世奇恋所感动，才说了这么多，是有感而发。今天我主持的是一场别开生面的婚礼，咱们就不按一般婚礼的套路走了，仪式也争取别开生面一些。下面请新郎、新娘谈一谈自己的结婚感言。”

高强和郝俊秀相互看了一眼，高强说：“我说吧。俊秀能够看上我是我没想到的。她愿意和我在一起是我的福分，是上天给我的恩赐，我会加倍珍惜。由于年龄悬殊，我只怕在许多方面满足不了她，亏待了她，辜负了她这一片苦心。”

高强说得很真诚，很激动，眼睛还有点湿润。他停顿了好一会儿。

主持人说：“继续说。”

高强看向主持人说：“没了。”

主持人说：“新郎寥寥数语，字字都饱含着爱，句句都流露着恩和情。虽然年龄相差甚远，但我们可以看出，这是一对恩爱夫妻。”

接着他把头转向郝俊秀说：“轮你了。”

郝俊秀说：“高强就是我喜欢的那一类型的人。他这个人工作中像个男人，拿得起，放得下；和人相处坦诚、宽厚，与人为善；生活上却很细心、很会疼人。和他在一起我感到舒服、自在、快乐、幸福。我很清楚，我遇到的是他这么一个和我年龄悬殊的人。但我从来没把年龄悬殊当作一个问题。现在不会，将来也不会。能够和他在一起生活就是我最大的幸福。”

她停顿了一下，抬头看了一眼主持人，说：“没啦。”

主持人说：“这才叫真爱啊。你们看这两个人爱得有多深，爱得有多么全面，爱得多么有理有据。充分说明，人家不是一时头脑发热、心血来潮，而是经过深思熟虑、全面衡量、慎之又慎地对自己的终身大事做出的正确决定。而且，他们是自己的事自己做主，不管世俗，不管人言，充分反映出两个人在爱的面前是一种少有的大无畏精神，难能可贵。为了这一场别开生面的婚礼，为了他们俩这超凡脱俗的结合，大家干杯。”

停了少许，主持人又说：“请大家再次举杯，现在两位新人在这里给大家敬酒了。”

喝了这杯酒后，主持人说：“下面请各位宾朋吃好，喝好。还希望大家在这二位如胶似漆的恩爱夫妻影响下心情会更好。”

这晚，高强和郝俊秀回到家里后，家虽然还是原来的家，却有了一种新鲜的感觉。也可能是因为从旧习俗来说，举行完婚礼两个人才算正式成为两口子了。所以，从进门后两个人就不停地拥吻。到了要睡的时候，郝俊秀还是要去打水给高强洗脚，高强不让。郝俊秀让他去洗澡，他也不去。他十分急切地一把把她抱上床。

结婚之后高强更是把所有工作都交给郝俊秀去打理。郝俊秀也乐于承受，而且打理得井井有条。无论是惠民公司还是惠民宾馆都有很大的起色。惠民宾馆被评为五星级宾馆，除了零客不少外，市里的许多会议都来这里召开。宾馆的收入不断刷新。周围有什么水涝干旱等，郝俊秀和高强两个人都会主动以惠民宾馆的名义去积极救助。因此，惠民宾馆受到过多次奖励，郝俊秀也被市里评为优秀民营企业家，同时还被选为民营企业家协会副主席。

这年春节，亦伟和艳梅回临海过年了。高馨是在外企工作，单位放假时间短，和朋友去玩了，没有回来。

郝俊秀安排他们住在惠民宾馆，吃饭多数情况是在家里。郝俊秀一直在想着一个问题：我跟高强结合，许多人都认为我是图高强的钱财。亦伟和艳梅也未必没有这种想法。她想在适当的时候亮一下自己的观点，打消一下他俩的这种看法。至于外人想怎么看就怎么看去吧。咱们管不了，也无关紧要。

一天吃完饭后，郝俊秀给高强、亦伟、艳梅倒上茶后说："你们（指高亦伟和董艳梅）也不常回来，这里的业务开展得都还不错。我想，作为一家人，你们也应该了解这里的情况。这些年惠民宾馆和公司的工作你爸都是交给我来打理的。我把家里现在的情况讲一下，你们好有个了解。惠民的建筑工程基本停了，开发商付工程款顶过来三十五套房子卖了十五套，回款大约是一千三百五十万。还有二十套在出租，这两年收回的租金大约是一百九十万。惠民宾馆一年的利润大约能有一千三百万左右。这就是咱们家的大体情况。我之所以要跟你们详细说一下，是因为你爸就亦伟这么一个儿子，这个家的一切将来都会是你的。我嘛，虽然年纪还比较轻，但辈分上去了。我会一直和你爸站在一起，始终坚持这份资产只有高亦伟一个继承人。你们现在需要钱，也可以随时跟你爸讲。至于我们将来的生活你爸早有安排，生活会很好的。”

高强对她能秉持这样一种姿态很感欣慰，但他没有去肯定，而是半开玩笑地说：“你这俨然是以一个女主人的身份在讲话了。你不觉得你的这些话说得有点太早了。现在还不到说的时候吧。有些话又好像不该由你来说，你似乎有点越俎代庖、喧宾夺主了。不过你倒是把我们的家底毫无隐瞒地和盘托出了。”

他这时又面向儿子和儿媳说：“你们也不要只顾你们的科研事业，家里的事儿也真应该关心关心啊。”

郝俊秀面向高强说：“说之前没跟你商量。是，有些话不该由我来讲，有越俎代庖之嫌。不过我对咱们家秉持这样一个态度我想你不会反对吧。”

高强心中很佩服她的这种姿态，嘴上却说：“也不完全赞同。”

高亦伟听了郝俊秀这一席话很受感动。他心中在想，爸爸能找这么一个明事理、识大体、深明大义的女人真不错。她小小年纪能有如此大的肚量实在是难能可贵。他接下来说：“家里这摊工作能做得这么好，多亏……该叫你姨，但你年龄实在太小，我叫不出口。总之，真是多亏你了。能够让爸爸腾出身子来逍遥自在地安度晚年，太感谢你了。我们虽是儿女，但远在他乡，尽不了孝道。我们该做的许多事你都代我们做了，非常感谢。至于家产，我们倒是真想的不多。我们的工作很忙，而且我们都很热爱自己的那份工作，工资也不低，管够我们花的。爸爸身体这么健康，加上有你照顾，会很高寿的，根本不到谈论资产归属的时候呢。即使到了那一天，我们也完全听从爸爸和你的安排。”

他抬头问了一声董艳梅：“你说是吧？”

董艳梅点头答道：“对，就是。”

高亦伟他们过了初五就回去了

一天吃过早饭不久，郝俊秀感到肚里有点不适。她怀疑是早饭吃的不合适了。一想，早饭吃的和往常也没有什么两样。一个包子，一颗鸡蛋，一碗稀饭。过了一会儿，没什么感觉了，她也没说。但她接连两天都有这种感觉，还伴随着恶心、呕吐。到了第三天，她又难受了，似乎恶心得更厉害了。她跟高强说了。高强马上领她到医院检查。一检查让他们大为意外，她怀孕了。两个人心中有说不出的高兴。高强迟迟不答应和郝俊秀结婚，一是自己年纪大，怕陪她不到头；二是怕她找上自己，连个孩子也要不上。郝俊秀这意外的怀孕他觉得这是老天爷的额外眷顾，自己已经是六十有五的人了，还能老来得子，特别是能让她膝下有儿，他比得到什么都高兴。郝俊秀是本着舍弃许多爱上他这个人的，其中之一就是本着一辈子没小孩来过二人世界的。没想到自己竟然这么快就怀孕了。她本来觉得自己已经是心满意足了。找了个好老公，自己的工作很顺心，母亲跟上自己过得也不错。虽然世人对自己的婚姻有诸多看法，但她觉得自己的路走的是对的。肚子里小宝宝的出现，更使她觉得她们俩的婚姻是想象不到的圆满。这个意外使他们两个人爱得更深了，小家伙虽然还没有来到他们面前，但围绕他的话题不断，家里比以前更加欢快愉悦。

一天，两个人相拥相偎地睡下后，郝俊秀问："你过去想过咱们能有孩子吗？"

高强说："不敢想。想的最多的是恐怕我们不会有孩子了，但不敢跟你提起这事。我自己心中多次想过，觉得我们不会有孩子，让你享受不上做母亲的快乐，让我们享受不上天伦之乐，这可能会是我给你带来的最大的遗憾。"

郝俊秀说："这下好了，不用再遗憾了。"

高强用力把郝俊秀搂过来，深情地亲了一口说："这真是上天对我们的恩赐。"

郝俊秀舒服地躺在高强的怀里，略带撒娇地说："你喜欢男孩还是女孩？"

"都喜欢。"

"更喜欢哪个？"

"非让我选择的话，我已经有了亦伟一个男孩了，如果能再有一个像你一样的女孩那当然更好啦。我以前想让你当我的干女儿你不干，难道能如我愿，给我生个女儿？不过，我跟我的心肝宝贝，不论是儿子还是女儿，我都很喜欢。"

"给咱们未来的宝宝起个名字吧。"

"咱们都想想。"

想了一会儿，高强说："要是男孩可以叫郝强。"

“为什么要姓我的姓呢？不合传统。”

“我愿意让他姓郝。取你名字中一个郝字，取我名字中一个强字，加起来郝强也挺好听，又有意义，谐音还可称为‘好强’，更有意义。至于这样起名字合不合传统，不必去管那么多了。我们俩的结合就已经不符合传统观念了，孩子姓郝还有什么不可以呢。”

“那如果是女孩，叫什么呀？”

“女孩的名字你给起吧。”

“可以叫高亦秀。她哥哥叫高亦伟，她叫高亦秀。”

高强情不自禁地吻了一下郝俊秀的额头，说：“这个名字起得好，不俗。亦秀，就叫高亦秀，既高又秀，高嘛，可以指身高，苗条端庄，亭亭玉立；也可以指才高，学识渊博，才高八斗；还可以指德高，善良宽厚，道德高尚。不仅是高，而且还秀，秀美，漂亮。高亦秀，这名字中既有她爸爸的高，又有她妈妈的秀，同时还是顺着她哥哥的名字来起的，亦伟，亦秀，一个伟岸，一个隽秀。你考虑得很全面，很到位。在这里我真不得不为你考虑问题的细心、周全、贴切而感到由衷的佩服。”

郝俊秀一本正经地说：“女人怀孕了倒是需要男人哄着点，让女人保持一个好心情，这样对大人、小孩都好。可是你也不能这么夸人吧，再夸我可就飘飘然上天了。”

高强疼爱地紧搂了一下郝俊秀说：“你哪儿也走不了，飞不上天去，只能在我身边。”

郝俊秀有了妊娠反应后，高强安顿保姆尽量按照她的口味做一些她想吃的饭。在起居上他也很注意给予关照。她吃不下东西，他给她削苹果，切小块的苹果给她喂。以前是郝俊秀给他洗脚，现在是他给郝俊秀洗脚。虽然她有点不习惯，但她也没办法，只好按照他的安排去做了。

郝俊秀不想过早地把这个消息告诉妈妈，怕她知道了会让她停下工作去休息，限制她的行动。因为惠民公司和惠民宾馆有许多工作都需要她去做，她要是少做了，就得高强去做。她不想让高强再受累。而且，自从查出怀孕，高强已经代她做了不少工作了。

一次，她去她妈那儿，看到桌子上放的苹果，拿上到水龙头上洗了洗就吃。妈妈看到她吃得那么香，问道："你最近的胃口真好。看见你吃什么都那么香。你好像胖了不少。"

郝俊秀敷衍着说："是胖了一些。"

郝俊秀怀孕两个半月后，妊娠反应就没有了。惠民那两摊工作又全都由她操持了。先前高强给她洗脚又变成她给高强洗脚了。高强多次提出，你怀孕了，需要休息，不要再给我洗脚了。但他的提议屡次遭到了她的拒绝，一直延续到她临产。

郝俊秀回去看一次母亲，母亲就说一次她又胖了。她是在逐渐发胖，肚子也比先前大了，只因她穿的衣服宽松，妈妈没有看出来。再加上面对她们这对老少结合，妈妈根本就不往那方面想。

直到怀孕七个多月了，到医院检查，医生告诉她要很好地注意，她有提前分娩的征兆，她才把怀孕的消息告诉了妈妈。妈妈听到后异常高兴，但同时也对她好一顿埋怨："你怀孕怎能不早一点告诉妈呢。怀孕可不是闹着玩的，需要好好注意，好好保养。你早该休息了，还那么拼命地工作。一个人结婚是大事，生孩子更是大事。特别是对于你们两个人来说，能有小孩是天大的好事，稍不注意，有个闪失，后悔都来不及了。从今天起，你哪儿也不要去了，就住在这儿，我来侍候你。你现在就给高强打电话。"

郝俊秀说："今天不行，还有好些事等着我去处理呢。等安排好了我再回来。再说，妈你放心，我会精心照顾自己的。我也知道我们这个孩子要比其他夫妇来得不容易，我会非常珍惜的，会加倍珍惜的。你放心好了。"

果不其然,郝俊秀怀孕不到九个月就分娩了,生下了个女孩。高强、郝俊秀、郝妈妈高兴得手舞足蹈。周围的人听到后无不认为这是一大奇闻，没几天大家就都知道了。

郝俊秀在医院住了七天就出院了。郝妈妈昼夜不离，精心照顾。一天，郝妈妈到商店买水果去，高强拉住郝俊秀的手真诚地、满心欢喜地说："你让我的后半生过得越来越精彩了。你来到我身边就使我的生活已经无比的美满幸福了，这又填补了我一生中的一个最大的遗憾，给我生了一个千金，真是锦上添花。你知道我一直想要个女儿，就给我生了个女儿。在让我幸运地得到你之后又得到了一个宝贝女儿，我真不知道我是哪一辈子修来的福分。”

郝俊秀也感同身受，心中美滋滋地说：“我会生？没你哪能有女儿呢？这是我们两个人配合默契的结果。你也功不可没。”

她接下来又说：“生活中的事谁又能说得清呢。好事降临就尽情享受，没有降临也不必遗憾，顺其自然吧。不过，总的说下来我们是够幸运的。”

高强喜不自胜地说：“许多人都说高手在民间，一点也不错。你看你这对事物的看法，多么有见地，真是有水平，你的一些见解真不像是你这个年龄的人说出来的。”

郝俊秀打断他的话说：“快别夸我了，就你能夸我。”

高强接下去说：“你一个农村姑娘，进城后给人家打工理发，要是一般人的话，还不是理一辈子发。你看你，没用多长时间，就把惠民公司办公室的工作搞得有声有色。给我提出的一些建议很有见地。到了惠民宾馆，你一个生手，又没用多长时间就搞得比以往所有人都搞得好。”

郝俊秀说：“你这是在夸你自己了吧。要不是你提携我，我还不是理一辈子发嘛。我能有这一点出息，还不是全靠你的栽培。”

高强说：“我给你创造了一定的条件这不假，但是，外因是通过内因起作用的。机会永远是给有准备的人留着的。一个在人生道路上想取得一定成就的人，一是要靠自己奋争去取得机会，二是被发现。是人才迟早会被人发现的，尤其是像你这么漂亮的女孩子，不是被我发现，便是被别人发现。不管是哪一种，只要遇到了机会，就要抓住。这是一个成功人士必备的条件。我在你身上清楚地看到了这一点。你工作时间并不长，就被评为市里私人企业先进工作者，这不就是有力的证明吗。你现在比我强，在市里比我有名。”

郝俊秀说：“快算了吧，还不就是普通人一个。”

听到了开门的声音，他们没再往下说。紧接着，就听到董郝妈妈在问：“秀啊，想吃什么？妈给你做。”

她走到小床跟前看了看孩子又很关切地问：“想吃什么？”

郝俊秀说：“吃面吧。”

吃完饭，收拾完，已经不早了，有九点多了。郝妈妈回到了她睡觉的地方。郝妈妈也是个很精细的人，每天都是这个时候离开。她上好闹钟，晚上过去两次，查看一下大人小孩。如遇小孩哭闹，也会临时过来。

郝妈妈离开后，高强又到了郝俊秀的卧室说：“该睡了吧，我来给你洗洗脚好睡。”

郝俊秀说：“不用了吧，让妈看见不太好。”

高强边接水边说：“没事的。她已经过去休息了。”

说话间高强就把一盆热水端到郝俊秀跟前说：“来。”

郝俊秀也没怎么推辞就将脚放到水里，泡了约莫有五六分钟，高强坐到小凳子上开始给她洗脚。就在这时孩子哭了起来。没等高强住手，郝妈妈郝妈妈就跑了过来。高强给郝俊秀洗脚这一幕被郝妈妈尽收眼底。郝妈妈看到自己都有点不好意思，但也顾不了这许多，忙着去照看孩子了。高强和郝俊秀两个人互做了一个鬼脸，匆匆地结束了洗脚。高强也不好意思地回自己的卧室去了。

第二天郝俊秀吃完早饭后，郝妈妈说：“你年龄是比他小很多，但也不能太娇宠自己，让人家一个大男人给你洗脚，成什么体统。哪有男人给自己的女人洗脚的呢？你是不是经常让人家给你洗？”

郝俊秀说：“偶尔。”

妈妈说：“偶尔也不行，太不像样子了。”

郝俊秀顽皮地拉长音调说：“好，我以后注意。”

郝俊秀坐月子这一段时间，惠民公司和惠民宾馆的工作只能由高强照管了，加上对郝俊秀坐月子的操心，他显得忙乱了一些。郝俊秀出了满月又快两个月了，高强看到郝俊秀的身体还没有恢复到产前的状态，为了给郝俊秀补身子，他托农村的一个朋友买了几只乌鸡。起初他想让司机去取，又一想自己和这位朋友也多日不见了，也就坐上车去了。

他们去的地方是个小村子，路不太好走。这天天气有点阴，风还刮得不小。去了也没坐多长时间，喝了几口茶，聊了几句，天就黑下来了。他们动身要走，主人很诚心地留他们吃饭也没留住。他们拿上乌鸡就出了门。汽车是停在大约有半里远的地方。就在往车跟前走的时候，对面过来一个骑自行车的小男孩，车骑得很快，高强紧躲慢躲没有躲过，被撞倒了。司机急忙过去把他扶起。他感到腰部、臀部有点不适，但看到是个小孩子，就没有和他理论，坚持着坐上车回了家。下车后，他的腿就不听使唤了。

郝俊秀看到他成了这样，忙问："这是怎么了？"

司机一五一十地告诉了她。

郝俊秀说："我已出了月子这么多天了，身体也挺好，哪还需要用什么乌鸡来补呢。"她说着就把高强扶上了床。

第二天郝俊秀陪着他到医院做了检查，检查结果是腰椎间盘突出，骶髂裂缝，压迫神经，影响腿的行动。

郝俊秀问大夫怎么治，大夫说："这个病没有特效药，只能是针灸、按摩、热敷、贴膏药。岁数大了，退行性病变明显，要不先开点膏药回去贴贴？"

郝俊秀说："开上吧。"

大夫在递给她药方时对着他们两个人说："回去好好调养，慢慢对付。"

郝俊秀从看到高强腿不能走路就想到，虽然是被撞了，恐怕还是老毛病复发。当天回来就给他贴上了膏药，但腿还不见好转。她想到了上次那个治疑难杂症的中医来，跟高强说："明天要不再找一下上次给开了十五服药的那个中医看看。"

高强说："得，病乱求医，行吧。"

让那个中医一看说："腿不好多半在腰上，要不叫腰腿疼呢。你们以前来过？"

郝俊秀说："来过。"

大夫说："我先给你开十五服药，一天一服。熬一回用两次，上午一次，下午一次，将毛巾放到熬好的药水盆里泡湿拧干放到腰上热敷。毛巾冷了可以再放到热的药水盆里加热，也可以用热水袋来加热。身体怕冷的话，湿毛巾上盖一块塑料布，上面就可以盖被子或毛毯了。这种治疗办法比较辛苦，但管用。服侍的人要耐心，得病的人要好好配合。如果不好再来开药。"

因为以前这样治好过高强的腿疼，郝俊秀相信药效，从第二天就开始给高强热敷了。

高亦伟听到父亲腿疼得走不了路了，便请假回来看望。看到父亲疼痛的状况和郝俊秀忙乱的情形后说："要不要转到北京或上海住院好好治疗治疗。这热敷能管用吗？即使管用也恐怕见效慢。"

高强说："这种病哪里能神仙一把抓呢。到哪儿也不会有好办法。我不想出去。"

高亦伟说："不出去就像目前这种状况也不行吧。你这一病，她是刚出月子不久，又要照顾孩子，还得照料那两大摊工作，再加上每天还得给你热敷两个小时，同时还得照料你的生活起居。时间长了能行吗？她能受得了吗，能撑得住吗？"

高强说："这倒是个问题。我多次跟她说，给我热敷的事让保姆或者找个服务员来做，她不放心，硬要自己亲自干。"

他们父子俩的谈话郝俊秀听到了，觉得他们都是好意，但是她觉得根据目前的情况只能这样。她心存感激地对高亦伟说："如果外地有好办法能治好病转去可以。如果没有更好的办法还不如在家里。眼下我是忙一些，不过没有什么大的问题。我还是可以应付过来的。"

听了郝俊秀这样说，高亦伟也觉得到了外地真不知道能不能治好父亲的病，所以他也就没再说什么。眼看着父亲的病痛自己插不上什么手，他待了三天就回去了。

郝俊秀刚出月子，高强本来是想让她好好调养调养，可是力不从心，反倒弄巧成拙，搞得自己一下就动不了了。现在不仅惠民公司、惠民宾馆的事全都得由她去管，给小孩喂奶、高强一天的两次热敷也都得由她来做。她一下子就从一个坐享吃喝、甚事不管的坐月子的女人变成了逢事都管、很少有休息时间的大忙人了。公司和宾馆的工作虽然事情不少，但是轻车熟路，还比较好处理。孩子可就让人放心不下了。虽然姥姥照看得很周到，但她得按时去给孩子喂奶。每个妈妈看到自己的孩子都会是爱不释手的，可是她连多看孩子一眼的时间都没有。最让她揪心的还是高强的病。她觉得他病了比自己病了还要难受。他毕竟岁数大了，生怕他再站不起来。所以她在给他热敷时特别精心。热敷的药要熬四十分钟，熬好后先在药盆上罩一块纱布，然后把毛巾放到纱布上去濡湿，这样不会让药渣沾到毛巾上。待蘸上药水的热毛巾冷到稍高于体温的时候才放到高强需要热敷的腰上。过会儿热毛巾凉了，在湿毛巾上铺上一块塑料布，上面放一个热水袋给它加热。再过一会儿，毛巾的药劲不行了，又将毛巾再放到加热后的药盆里濡湿。每回热敷都需要这么循环往复三四次，一天两次。就这样整整热敷了三十天，高强才觉得有点好转，可以拄上拐杖行动了。又热敷了一个月后，有了一些好转，但还是丢不掉拐杖。这时高强说："别再敷了，这热敷的时间也够长的了。我看能到这个程度就蛮不错了。人老了，零件不行了。"

"这不是在逐渐好转嘛，你得有信心，一定要坚持。"

功夫不负有心人。郝俊秀就这么不厌其烦地给高强热敷了整整五个月，奇迹出现了。高强终于可以丢掉拐杖了，可以不依靠任何外力独立行走了。

在他丢掉拐杖的那一天，高强两眼噙着眼泪，抱住郝俊秀，像个小孩似的声音哽咽着说："这真是太辛苦你了。"

郝俊秀用手轻轻地拍着高强的背说："好了，我不辛苦。只要你能站起来，我再辛苦也值得。"

高强没再说话，只管抱住郝俊秀不住地哽咽着。郝俊秀亲昵地拍着高强的背哄着说："行了，不能再哭了。你简直成了个老小孩了。你能站起来，能像以前一样走路，就是我最大的幸福。"

过了好一会儿，高强恢复了平静后说道："我这腰腿疼病，西医、中医都看过了，医生都说不好治了。岁数大了，退行性病变，腰椎间盘突出加上外伤引起骶髂裂缝。要不是你，十有八九我是瘫在床上了。可你硬是不信邪，不辞辛劳地用中药给我热敷，硬是治好了。你日复一日地用了近半年的时间，既要给我热敷腰又要给我洗脚，每天花费在我身上的时间足有三四个小时。你花在咱们宝宝身上的时间也没有这么多。惠民公司和惠民宾馆那两大摊子工作还需要你去操持。我真不知道你是怎么熬过来的。我这病能好，药可能起一些作用，更主要的是你的辛劳，完全是用你的心血换来的，是用你的爱心、诚心、耐心换来的，我翻来覆去地想，遇到这种情况能对我这样的，一个是我的母亲，再一个就是你。要是没有你，我是死是活真还不知道。”

说到这里高强又有点哽咽，说不下去了。

郝俊秀说：“都一样，我如果遇到这种情况，你还不是照样这么对待我嘛。”

郝俊秀想转移一下他的思绪，便岔开话题说道：“你想没想过，再过上两个多月，咱们亦秀就该过生日了。怎么过呀？”

高强马上兴高采烈地说：“可以适当多摆几桌。老来得子，难得，少见。而且满月、百岁也没怎么过。”

郝俊秀说：“可以多摆几桌。她爸的腿又一次痊愈了，借着给宝宝过生日，还可以顺便给你的康复庆祝庆祝。不过也不能太多了，有个六七桌就差不多了，要是放开了会来很多人的。过满月那会儿就有很多人在问。咱们没张罗也就过去了，你要是一声张，那可不得了。”

高强说：“是的。这些年来咱们对员工、对邻居应该说都是不错的。他们都想找个适当的机会来答谢答谢。咱们要是一声张，他们都会来的。就按你说的，需要控制着点。”

高强瘫在床上后，高亦伟回来探望，除了建议去北京或者上海的大医院治疗，再没有什么别的办法。他的建议没被高强采纳，他只能是揣着挂念回成都去上班了，可总是放心不下，每隔几天就会来个电话询问。昨天来电话，好长时间没人接，他有点纳闷。他继续打，隔了好一会儿，保姆来接了。他问：“我爸他们怎么不接电话？”

保姆兴奋地说：“你爸能站起来走路了。那个，我也不知道你叫她什么，就是那个郝俊秀，郝总陪他出去遛弯了。”

她接下来又说：“郝总可辛苦了，每天熬上药给你爸热敷三四个小时，还要给他洗脚，一天不落。我看她挺忙，又很累，想帮她熬熬药什么的，她都不让，就她自己干，硬是服侍的让你爸站起来，真不简单。”

高亦伟听后十分惊喜地问道：“他们什么时候能回来？”

“不知道。估计不会走太长时间。”

高亦伟说：“那我一会儿再打吧。”说完就挂了电话。

晚上，高亦伟又打来电话，是郝俊秀接的。

高亦伟问：“我爸能走动了？”

“能了。你怎么知道的？”

“我下午打电话，你们不在，保姆说的。”

因高强瘫卧在床，过去所有电话都是郝俊秀接的。这次郝俊秀说：“他能走动了，让他来接吧。”说完她拿着听筒回过头来对高强说：“亦伟的电话，你来接。”

高强拿起听筒后，高亦伟异常兴奋地说：“爸，您终于能站起来走路啦！我太高兴啦！”

“哦，我这不是医院治好的，多亏家里有这么个人不辞心劳地服侍。你那里怎么样？”

“我这里挺好的，工作挺顺利。艳梅也挺好。爸您放心。”

“小馨怎么样？有好长时间没见她了。”

“高馨那儿也不错，工作很忙，很少回家，我们也很少见到她。”

“能把心放到工作上是好事。”

这时，郝俊秀轻轻推了推高强低声说：“亦秀过生日时让他们一家三口全回来吧。”

高强停顿了一下继续说：“再过上两个多月亦秀就满一岁啦。她妈的意思，给亦秀过生日想稍微多办上几桌。借着给亦秀过生日，顺便对我的康复也表示一下祝贺。我同意了。看到时候你们能不能回来。正好临近中秋，不知你们有几天假？”

高亦伟说：“这个主意好，双喜临门。我们商量一下，争取回去一趟。”

“那好。还有没有说的了？”

“没有别的了，到时我们争取回去，回去再说吧。”

晚上高亦伟把亦秀过生日的事跟董艳梅说了。董艳梅很同意回去一趟，她说：“没有亦秀的生日我们也该回去看看。爸爸病瘫在床上近半年，只在他刚病的时候你回去看过一次。说实在的，当时我们脑子里恐怕都在着一个很大的问号：爸爸那么一大把年纪了，还能不能再站起来，何时能站起来。可是他就是奇迹般地站起来了。他能够站起来，我们当儿女的没出一分力，完全是他身边那个阿姨的功劳。我们固然是由于工作的原因不能陪在他老人家身边，但细想起来，和阿姨一比，我们深感愧疚。我们是应该回去看看爸爸，应该回去感谢一下阿姨对爸爸坚持不懈、细致入微的照顾。”

高亦伟说：“那咱们就请假回去一趟。我打电话看小馨忙不忙，让她也回去。她爷爷在电话里问过她好几次了。回去后找个适当的机会，你代表咱们一家三口把你刚才说的那段话向爸爸和小阿姨说说，以表达我们的谢意。”

董艳梅说：“回去再说吧。”

高强虽然对员工和邻里都不错，但周围对于他跟年龄小他四十多岁的郝俊秀结婚，都存在着不甚苟同的看法，只是程度不同而已。经过这半年来郝俊秀对高强的细心服侍，精心护理，硬是让高强从双腿丧失行动能力、瘫卧在床五个多月、中西医都不看好的无望状态中站了起来，人们的看法才渐渐有了转变。周围的人看到他们这种不离不弃、相濡以沫，特别是看到郝俊秀半年来坚持不懈地给高强热敷、按摩、洗脚，不分白天黑夜的端屎倒尿，人们过去的看法全部打消了。看他们俩不再是过去那种奇异的目光了，取而代之的是一种钦佩和崇敬。所以，听到要给小亦秀过生日，人们纷纷表示都要来。初步计算了一下，至少得办十八桌。

高亦伟两口子和高馨都回来了。高馨初中毕业就到法国上学去了，回来的次数较少，毕业回国后在一家外企工作。她这次回来还是第一次见她这个小奶奶。回来一看，觉得真是太嫩了，和自己年龄相仿，就成了奶奶，太好笑了。这怎么能叫得出口。可是爷爷在那儿摆着呢，不叫又不像话，只好在问完爷爷后把脸转向郝俊秀，顽皮地问道：“这是我的小奶奶吧。”

人们全都被她这一句问话逗笑了。郝俊秀也笑着说：“从年龄上看是不相称，随便称呼吧，没关系。”

高强也笑着说：“奶奶，当然是奶奶，是天经地义的奶奶，是确凿无疑的奶奶。这还有什么可怀疑的呢。”

高馨对爷爷的话表示赞同地点了点头，接着又好奇地把脸转向了亦秀，并且伸出手说：“来，小姑姑，让我抱抱。”

小亦秀静静地看着她，没有什么表示。亦秀的姥姥边想把亦秀给她边说：“你能抱得了吗？”

董艳梅说：“你哪是个抱孩子的，快别抱了，洗洗手吃饭吧。”

高馨看见饭菜、碗筷都上来了，也就没再张罗着抱。

吃饭时郝俊秀说：“明天请大家来，一是给亦秀过生日，二是祝贺你爸康复，估计人来的还不少。开始时，是请个人主持呀，还是咱们自己主持呀？”

这时高亦伟想起了来之前让董艳梅找机会说一下对郝俊秀的感激，觉得这是一个可利用的机会，于是他说：“人来的虽然不少，但是没有什么复杂的程序，自己主持也可以。一个是女主人小姨来主持，要不就让董艳梅来主持。”

郝俊秀忙说：“那就让艳梅主持吧。我笨嘴笨舌的说不了。”

董艳梅领会了高亦伟的意思，也没再推辞。她说：“这一段时间小姨辛苦了。明天她还会有许多其他的事情要做。那就我来给主持吧。”

亦秀的生日宴是在惠民宾馆的大餐厅举办的。亲戚朋友们来了后，董艳梅站起来说：“大家请安静啦。今天是我们的小妹妹亦秀的一岁生日，邀请大家来喝一杯喜酒。今天之所以要稍显隆重一点来庆贺，一是在她大哥四十岁的时候又欣喜的有了一个非常可爱的小妹妹。虽不能说是人间奇迹，但至少可以说是十分罕见的。为此我代表我们全家和大家共同干一杯。还有一个值得庆贺的是我们打拼了一辈子、功成名就的爸爸从瘫卧了半年的病床上又奇迹般地站了起来，能够和正常人一样重新走路了。（餐厅里响起了雷鸣般的掌声）为此，我代表全家再和大家干一杯。”

她边放酒杯边说：“大家请吃点菜。”

间歇了一小会儿，董艳梅接着说：“我爸爸病了后，去过好几家医院。中医、西医都看过，所有看过的医生都说，他这是骨质增生、腰椎间盘突出，外加骶髂裂缝形成的综合征。岁数大了，没有什么好办法，让回家去慢慢将养。这意思十分清楚，就是让回家去躺在床上熬着吧。我们的郝俊秀小姨一个人顶着沉重压力，不信邪地、意志坚定地挑起了治疗我爸的重担。我们的小姨很年轻。大家对她和我爸的结合有过许多不解。流言蜚语，说什么的都有。我们当时也是这不理解队伍中的一员。现在很难想象我们的郝俊秀小姨是怎么从这一大堆繁杂事务和医院判定过无法医治的无望结论中坚持过来的。我爸病了以后，惠民公司和惠民宾馆这两大摊子工作全由她来打理。小亦秀全吃母乳，她得给喂奶。虽然有姥姥在照看，但一个吃奶的小孩，肯定会耗去妈妈不少的时间和心血。尤其是我爸瘫卧在床，她每天都要十分精心地熬上药给他热敷，还要给我爸按摩、洗脚，还得帮着他去端屎接尿。她就是这样不辞辛劳地用了整整半年的时间，硬是让我爸从病床上下来了，像好人一样又能重新走路。这是多么让人钦佩的伟大壮举呀。他们年龄是很悬殊，但完全堪称是夫妻的楷模。我们作为儿女，愧自不如。我借这个机会，向我们的郝俊秀小姨表示诚挚的感谢。大家举杯，为我们小姨的辛勤付出干一杯。我要说的就这些。下面请大家动筷子，吃好喝好。”

人们推杯换盏，议论纷纷，全场气氛很热烈。

客人们走了，一家人坐到一起后郝俊秀说：“吃饭时艳梅夸了我一通，有点夸张了。我做的一切都是应该的。你爸爸能不能站起来我那时也不知道，只是抱着一种良好的愿望去想方设法、尽心尽力的做。最后他能够站起来重新走路，是他意志坚强，配合得好。不过，我今天心里很高兴。我看出来了，咱们这个家在逐渐认可我了。我的脑子里一直存着一个问题，跨入这个家的门容易，被你爸认可也容易，能够被这个家上上下下的人都认可不容易。因为我们这是一个不同寻常的结合。”

高亦伟说：“以前我们是有点不理解，通过这一段时间的相处，我们认识到过去错了。现在我们对你很尊敬。有你在我爸爸身边，我们很放心。”

高强在静静地品着茶，心里很高兴地听着他们你一句我一句的交谈。

郝俊秀给大家斟上茶后撇开上面的话题说：“你们待不了几天可能就得回去了。我把咱们这儿的情况说一下：咱们这里现在的经营状况还是很不错的。房子卖出去十六套，收入一千四百多万，有十几套住宅和十几个铺面在出租，一年能收租金一百六十万。惠民宾馆一年差不多能收入一千五百万。你们不常回来，应该对咱们家有个大体的了解。如果谁能有个好的建议，能让这笔钱派上一个好的用场那就更好了。”

高强知道郝俊秀的用心。这个家业现在全由她来打理，她是在让高亦伟他们明白，这家产迟早是他们的。所以一有机会她就把经营状况向他们和盘托出。

高亦伟也看出了她的用意，接着郝俊秀的话说：“小姨，你以后不必给我们讲咱们家的经营情况。你办事我们都很放心。另外我虽然是我们家的独生子，但是咱们既然是一家人，家产就是咱们共同的，不是我一个人的。”

高强喝了一口茶，慢条斯理地说：“她的话可能还有另外一个意思。咱们现在生活过得都挺宽裕。这钱就是放开来花恐怕也花不完，是不是需要想一想看能派个什么用场呢？”

董艳梅手中端着茶杯说：“就是。我和亦伟的工资都不低，高馨也出去工作了。即使她将来结婚买房子，我们也早把钱给她准备下了。从现在这个情况看，如果家里将来再给上我们一块，是有花不完的可能。与其这样，真不如现在就想个利国利民的好用场。”

高亦伟说：“这个事就由阿姨和爸爸你们考虑吧。钱这个东西，没有不行，多了也没用，多少是个够呢。救灾、扶贫、慈善、公益事业都行，以前不就捐过一些吗。可以考虑看是捐钱呀，还是办个什么公益事业呀。”

高强掩住高兴的心情说：“看来我们在这个问题上的意见是一致的。那俊秀你就多考虑考虑，看做点什么比较好。”

郝俊秀早有这个想法，但不便提出。今天在这样一个场合，全家人能够就这个问题做这样一个表态，她很高兴。她郑重其事地说：“如果是捐款，比较简单，遇到事情捐就是了。如果是想办公益事业，是件大事，需要细致筹划，慎重考虑。”

高强很了解郝俊秀，她是穷苦人家出身，很了解和同情民众的疾苦。她又是一个干事业的人。他相信她会让这笔钱派上一个好的用场的。所以他对郝俊秀说：“亦伟他们有他们的工作，就要回去了。我年龄大了，不管是简单的捐赠，还是筹办一项公益事业，都是你的事了，你考虑吧。”

郝俊秀会心地笑了。她没有就这个问题表示什么态度，但她十分清楚自己身上的责任，更懂得高强对她的信任。她感觉到自己现在是幸福满满的。她之所以有这种感觉，是因为自己终于完全融入高强这个大家庭里了，而且大家相处得很融洽，很和睦。令她幸福满满的还在于大家对于这么重大的一个问题居然看法完全一致。通过这一次和谐、融洽的交谈，让她清楚地感受到，她现在在这个家的地位举足轻重。她在暗暗的寻思：我绝不能辜负了大家对的信任。

停了一会儿，她将头转向了艳梅和亦伟："你们要急着回去啦？不多住几天了？"

高亦伟说："不能多住了，我们三个人工作都挺忙的。我们已经买了明天的机票。"

郝俊秀说："那么着急，有时间了多回来看看。有需要用钱的地方就说话。"

高亦伟说："好的。"

高强转向高馨说："你什么时候再回来看爷爷？"

高馨说："争取过年回来吧。"

高强说："你现在也已经独立了，有什么要用钱的可以直接跟爷爷说。以前你上学时我们跟你爸妈有个约定，就是我们不直接给你钱，怕你乱花呢。现在可以解除这个约定了。"

高馨说："好的，爷爷。"

高亦伟他们回去后，有一天晚上，郝俊秀在给高强洗脚时问道：“你说咱们搞点什么公益事业好呢？”

高强说：“你琢磨吧，我没考虑。”

郝俊秀说：“搞个老年公寓，还是捐一笔助学基金？”

高强说：“不管搞哪一个都得算好账，要量入为出。再就是要省事点，不要太麻烦了。”

郝俊秀同意高强的意见，但她年轻，精力充沛，有抱负。她的想法是既然要做好事，就要把好事办好，要办出点名堂来。

她接着说：“最近上面在号召办职业高中，强调搞职业教育呢。我觉得这倒是一个很值得办的事情。现在每年有不少初中毕业生考不上高中或中专，年纪轻轻的就失去了再学习的机会。要是办个职业高中确实能解决不少青少年入学难的问题。”

高强说：“那你跟有关方面联系一下，再算算账，看我们办得下来办不下来。”

郝俊秀说：“好。”

没过几天，郝俊秀就去与市教育局联系。教育局得知此事后大加赞赏，非常支持。经过反复协商，他们确定办一个发展规模是十二个班的职业高中。由市教育局出面向市里申请一块能够满足十二个班的师生学习、活动的建设用地。大的框架确定后，他们还进一步商量了具体的实施计划。商量的结果是学校可以由小到大，逐步完善。第一年至少得有一到两个教室、一到两个教职员办公室，需要修建师生活动的操场，聘五到七名教职工（包括一名教导主任）。具备了这些条件就可以招生办学了。

郝俊秀回去后根据这个设想计算了一下经费，大致开支有这么几项：基建费、教职工人员工资、办公费、困难学生的助学金。所有这些加在一起，就是发展到十二个班的规模，他们惠民公司还是能够承受得了的。于是她就和高强商定办职业高中，校名就叫临海惠民职高。

定下办职高以后，郝俊秀又去跟教育局商量，确定了这样几个问题：这个学校虽然是私人投资的私立学校，但目的不是为了赚钱，是为了让考不上高中的孩子有学可上，是为了发展社会教育事业。所以要求教育局把学校设置哪几个专业、每个专业每年招多少学生、每个专业开设哪几门课、教师的配备、学生毕业后的去向都纳入国家的教育计划。将来根据实际需要，如果学校要扩大，惠民的财力万一不足，国家可以投入。到那时如果想更名、改变学校的性质都可以。更名后惠民还会根据自己的财力继续无偿投入。

所有想到的问题都商定后，教育局就立即上报了临海市政府。政府领导看到这个私人捐款办学，帮助政府解决教育困难的报告很感兴趣，大加赞赏，很快就下发了同意创办惠民职高的正式文件，并令市政府土地部门立即审批了建设用地，而且选的校址离城区很近。

看到批复文件后，郝俊秀就立即着手基建。她计划用半年时间建成具备招一个班的规模，赶上秋季招生。

一天晚上郝俊秀给高强洗脚时，谈了惠民职高基建的进展情况后接着又说：“惠民职高是民营学校，按规定需要有一个董事会，人选嘛，就咱们几个。我想让亦伟担任董事长。”

高强说：“他哪顾上这事呢，也没参与，情况也不了解。还是你来当吧。”

郝俊秀说：“私人投资办学，董事长当然应该是投资人了。”

高强说：“投资人为什么是他呢？”

郝俊秀说：“从长远来说，你就他这么一个儿子，你的财产迟早还不是他的。要不你来担任？”

接着她又说：“你岁数大了，我觉得从长远考虑，还是他担任比较好。”

“非他即我，为什么不可以是你呢？你也是投资人呀。”

郝俊秀说：“我也是长辈嘛，所以就不要考虑我了。”

“是长辈，可你比他还年轻呢，再说还有亦秀呢。”

停了一会儿他又说：“其实，这钱很大一部分是你这几年挣的。开办惠民职高更是你一手操办的，董事长还是你来当吧。以后做起事来也方便些。”

郝俊秀说：“办学是文化教育事业，还是让有文化的人来搞比较好。亦伟又是搞科研的，或许将来在办学上还会有一些好的想法呢。再说父亲的产业儿子继承，名正言顺。我们俩当初结合时人们就有过不少非议。我若当了惠民职高的董事长，又会引来非议的。肯定会有人说，这不，高强家的权全被这个女人夺去了。我倒想了，亦伟当董事长兼校长，我来当副校长，日常事务我来操办。”

高强说：“你想的还挺细，挺周全。说的不无道理。反正这个家现在是你来当了，你说了算。也许这样更好。”

高亦伟有次打来电话，高强把准备办惠民职高的事告诉了他。他说挺好。高强接下来又说：“你姨的意思是让你来当惠民职高的董事长兼校长，我也同意了。”

高亦伟听后立即说道：“这不合适吧，还是您或者让小姨来当比较好。”

高强说：“这个事我们考虑了再三，就这样定吧。”

高亦伟没再说什么，但他想了很多。放下电话他就把这事跟董艳梅说了。

董艳梅说：“人不可貌相，海水不可斗量。郝俊秀小姨这个人真不简单。爸爸岁数大了，做出这样的决定一点也不奇怪。她能把自己一手操办的惠民职高让你来担任董事长。这可是一般人做不出来的。这件事是纯粹的为民工程，是惠民的形象工程，是能够传名后世的工程。她在那里辛辛苦苦工作，让你来坐享名誉，真不简单。不知她是心甘情愿地这么做呢，还是为了讨好老爸。不管怎么说，能做到这样就很不简单了。”

高亦伟说：“爸爸说是她主张这么做的。”

董艳梅自言自语道：“不简单。”

到了办学的第三个年头，惠民职高已经发展成八个班了。有两个班的学生已经毕业。这两个班，一个是学建筑的，一个是学会计的，社会对这两类人才需求量很大，学生毕业后没用多久就全部找到了工作，学生家长很高兴。基于这种情况，来职高学习的人更加踊跃了。甚至有的人还提出让学校干脆再增加上两年，变成大专算了。他们针对群众的呼声，计划下一年就按照社会需求再增加几个专业，发展到十二个班。

正在他们酝酿惠民职高增加几个什么专业、如何扩招的时候，临海市政府办公室发来一个通知：惠民职高被评为踊跃参加社会公益事业模范单位，让高亦伟去参加颁奖大会。高强看到通知后对郝俊秀说："他那还不是应的个名。再说他哪有时间回来呢，还是你去参加吧。"

郝俊秀说："亦伟能回来最好。你不是早就有让他接替这一摊子事业的想法吗？他要是能回来，可以让他慢慢地介入了。另外还有一个好处，就是可以让周围的人打消了我独吞惠民的看法。"

高强说："你想那么多干啥。谁想说什么任他们说去。你又不是那独吞的人。你连你该要的那一份都不要，哪还能说得上独吞呢。你只是为这个家日夜操劳、费尽心血的一个受苦人。"

郝俊秀说："惠民职高他是董事长，所以人家就直接通知他来参加颁奖会。我还是打电话通知他吧，看他是什么意思。"

高强说："可以给他打个电话，说说这个事。"

郝俊秀很快就给高亦伟去了电话。高亦伟听后颇感惊喜，定神一细想，这份没费吹灰之力就获得的美誉完全是郝俊秀拱手让出的，心中很是感激。不过他根据自己当时的实际情况立刻就做了答复："我回不去，你去参加吧。"

高亦伟晚上回家把获奖之事跟董艳梅说了。两个人就此发了不少感慨。

高亦伟说："郝俊秀小姨这人真不错。无论做事、做人都很让人佩服。爸爸岁数大了，把一大摊子工作全撂给了她。你看她把惠民公司和惠民宾馆经营得比以前都好。第一次和咱们见面，就带来了五百万。这完全是她的主意。后来只要和我们见面，她都会主动把家里的经营情况向我们说一遍。她这样做既是在避免独吞之嫌，又能够看出她是在把我们视为这份家业的主人。惠民职高明明是她一手操办的，还非要让我担任董事长。现在又让我成了私营企业积极参加公益事业的模范。从这一桩桩一件件事情充分反映出这人既聪明又忠厚，既会做事，又会做人。"

董艳梅说："是啊。从这一件一件的事情可以看出，郝俊秀小姨是个勤劳、俭朴、善良、宽厚、淡泊名利的人，还是个有思想、有见识、有能力，善于跟人相处，能够打开工作局面的女强人，是个性格好、重感情、善于持家的好主妇。爸爸找对了人，找了个好老伴。不，是找了一个能够很好相伴的小媳妇。我觉得人们都应该想开了，不管岁数相差多少，只要两个人相爱，能够过在一起就好。爸爸很有福，晚年能够找到这么一个称心如意的伴侣真不容易。我们应该祝福他们。"

惠民宾馆越办越好，继续被市里评为五星级宾馆。惠民职高发展成十二个班，其中有四个班修业年限变成了五年，学生毕业后就成大专生了。惠民职高也更名为惠民职业学院。现在惠民宾馆和惠民公司的收入还抵得上惠民职业学院的支出，不需要国家资助一分钱。

惠民职高的开办，临海市的民众无不为它叫好。惠民公司和惠民宾馆在临海市的声望越来越高。

十年以后，高强已年近八十。身体依然很硬朗，思维还很敏捷。郝俊秀经常会把惠民的情况说给他听。他只是听听而已，偶尔也会说一点意见，但不强求她去照办。他对郝俊秀是绝对相信，完全放手。他每天的任务是看书、写字、去公园散步。郝俊秀每年有计划地陪他到外地旅游两次，每次十五到二十天。一般是到南方居多。三亚她们去了两次。他很喜欢大海和沙滩，每次去了都恋恋不舍，总嫌待的时间太短。第一次去了，他在三亚湾的沙滩上待了两个半天，还颇有兴致地写了一篇短文。

有感于三亚湾沙滩

美丽的三亚湾，海水一片湛蓝。风儿一起，碧波荡漾，煞是好看。细看那波浪，犹如技艺高超的舞林高手在舞动着一匹赏心悦目的湛蓝色锦缎。

波涛拍岸，奏出的是悦耳动听的、纯自然的美妙乐章。

大海的边缘，生长着几排树干挺拔、树冠婆娑的椰子树。

椰子树和大海之间是分不清是黄色还是白色的细柔绵软的

沙滩。太阳眷顾三亚，一年都在直射着它。所以，它不分季节，全年都很热。白天大都在二十七八度，甚至三十度以上。赤脚走在沙子上会很暖。我很喜欢躺在发热的沙子上休憩、热疗。耳听那海浪拍岸的美妙涛声，眼看那湛蓝湛蓝的天空，享受那海天一色的清新美景。天空有时还会有一些别处不多见的白云，在轻轻地移动，时卷时舒。看着它，就像在欣赏一幅精美绝伦的秀美画卷，赏心悦目，神清气爽，颇感惬意。

三亚真是一个消遣、养老的好地方。

郝俊秀虽在尽心尽力地操持着惠民这几摊子业务，但她更关心的还是高强的身心健康。她一直认为高强的健康就是自己的幸福，为高强操劳就是自己最大的快乐。她看到高强虽然已是八十高龄的人了，但腿脚灵便，头脑清楚，生活规律，兴趣广泛，心态乐观，并且还能持之以恒地坚持看书学习，心中特别高兴。亦秀已经上中学了，学习挺好。她这样一个生在富裕家庭的特殊角色，爸妈视她为掌上明珠。姥姥对她偏爱有加，哥哥、嫂嫂也时不时地给她寄些衣物等表示对她的关心。她很懂事，很识宠，很稳重，很注意使自己成为一个让大人少操心的好孩子。

惠民的产业风生水起，红红火火，为社会做出了世人无不赞许的贡献。高强，耳不聋，眼不花，反应灵敏，身心健康，享受着无人可比的幸福晚年。全家上下，和睦温馨，其乐融融。郝俊秀生活在这样一个旷世罕见、令人咋舌的家庭中却感到很充实，很满足，很幸福。